Die drei ??? und der sprechende Totenkopf

Alfred Hitchcock

Die drei ??? und der sprechende Totenkopf

Erzählt von Robert Arthur

Franckh'sche Verlagshandlung Stuttgart

Aus dem Amerikanischen übersetzt von Lore Puschert
Titel der Originalausgabe:
The Mystery of the Talking Skull
Schutzumschlag von Aiga Rasch

3. Auflage/ 19.—28. Tausend
Franckh'sche Verlagshandlung, W. Keller & Co., Stuttgart/1973

ISBN 3 440 03755 X /Printed in Poland/Imprimé en Pologne
LH 9 EI

Die drei ??? und der sprechende Totenkopf

Willkommen, Krimi-Freunde!	7
Justus kauft einen Koffer	9
Ein sonderbarer Besuch	21
Rätsel über Rätsel	28
Sokrates wird vorgestellt	36
Die Stimme aus der Nacht	40
Eine geheimnisvolle Botschaft	45
Abschied von Sokrates	53
„Der Vogel ist ausgeflogen“	64
Warnung vom Polizeichef	70
Justus stürzt sich auf den Fall	78
Eine unliebsame Überraschung	88
Die drei ??? entdecken Spuren...	95
Das hat noch gefehlt!	106
Bob weiß eine Bomben-Neuigkeit	111
Die Suchaktion beginnt	118
Wo ist das Geld?	122
Schlägerei im Dunkeln	128
Alfred Hitchcock hat noch Fragen	136

Willkommen, Krimi-Freunde!

Hier treffen wir uns wieder bei einem spannenden Abenteuer der drei ???, deren Motto lautet: „Wir übernehmen jeden Fall“. Hätten sie geahnt, was ihnen bevorstand, als sie sich auf die sonderbare Sache mit dem sprechenden Totenkopf einließen — sie hätten möglicherweise ihren Leitspruch gewechselt.
Lassen wir's dahingestellt. Diesmal werden die drei ??? in einen besonders geheimnisvollen und gefährlichen Fall verwickelt, der ihnen Rätsel über Rätsel aufgibt. Doch ich will hier nicht alles ausplaudern. Ich habe feierlich versprochen, nicht zuviel zu erzählen, und ich halte mein Versprechen.
Nur eines laßt mich noch sagen: Die drei ??? sind die Junior-Detektive Justus Jonas, Peter Shaw und Bob Andrews. Sie wohnen alle in Rocky Beach, einem kalifornischen Städtchen in der Nähe von Hollywood. Ihr Hauptquartier ist ein Campingwagen auf dem Schrottplatz der Firma „Gebrauchtwarenzentrum T. Jonas“, und das ist ein Super-Flohmarkt, der Justs Onkel und Tante, Titus und Mathilda Jonas, gehört.
Die drei Jungen sind ein hervorragendes Team. Justus schaltet schnell und kombiniert mit Kennerschaft. Peter ist weniger verstandesbetont, dafür robust und sehr mutig. Bob liegt eher die Fleißarbeit; seine Stärke sind Nachforschungen und Ermittlungen. Gemeinsam haben die drei schon eine Reihe höchst interessanter und rätselhafter Fälle aufgeklärt — meist in den langen Sommerferien amerikanischer Schuljungen.
Mehr sei hier nicht verraten. Ich weiß: Ihr seid froh, daß ihr diese Vorrede hinter euch habt und mit der Geschichte beginnen

könnt. Erlaubt mir wie immer hier und da meine kleinen persönlichen Kommentare; sie genau zu untersuchen ist vielleicht nicht ganz unnütz, falls ihr selbst Detektiv spielen wollt.

Alfred Hitchcock

Justus kauft einen Koffer

Alles fing damit an, daß Justus Jonas die Zeitung las. Die drei Detektive — Justus, Peter Shaw und Bob Andrews — hatten es sich gerade in Justs Werkstatt hinten auf dem Schrottplatz der Firma Jonas gemütlich gemacht. Bob vervollständigte Aufzeichnungen zu einem abgeschlossenen Fall. Peter ließ sich von der Morgensonne bescheinen. Und Justus las die Zeitung. Plötzlich blickte er auf. „War einer von euch eigentlich schon mal auf einer Versteigerung?" fragte er.

Bob verneinte. Peter schüttelte den Kopf.

„Ich auch nicht", sagte Justus. „Hier steht, daß heute vormittag im Auktionsbüro Davis in Hollywood eine Versteigerung stattfindet. Herrenloses Reisegepäck, das sich in ein paar Hotels angesammelt hat, kann gegen Höchstgebot erworben werden. Und da steht weiter, es gehe um Koffer und Taschen mit unbekanntem Inhalt, die Gäste dagelassen und nicht mehr abgeholt haben — aus Vergeßlichkeit, oder weil sie die Hotelrechnung nicht bezahlen konnten. Ich stelle mir das ganz interessant vor, so eine Auktion mitzumachen."

„Warum?" fragte Peter. „Ich brauch' keinen Koffer voll alter Klamotten."

„Ich auch nicht", sagte Bob. „Wollen wir schwimmen gehen?"

„Wir sollten bewußt neue Erfahrungen sammeln", hielt ihm Justus vor. „Jede neue Erfahrung erweitert unseren Horizont und kommt unserer Detektiv-Arbeit zugute. Ich will mal hören, ob uns Onkel Titus nicht mit Patrick und dem kleinen Lastwagen nach Hollywood fahren läßt."

Patrick, einer der beiden irischen Brüder, die im Schrottlager arbeiteten, hatte tatsächlich Zeit, und so standen die drei Jungen

eine Stunde später in einem großen Saal unter vielen Menschen und sahen zu, wie ein kleiner dicker Auktionator von einem Podest herab große und kleine Koffer versteigerte. Alles ging ganz schnell. Gerade hatte er einen sehr gut erhaltenen Koffer vor sich und versuchte noch ein höheres Gebot zu erzielen.
„Zwölf Dollar fünfzig zum ersten! Niemand mehr?“ rief er. „Zwölf fünfzig zum zweiten . . . und zum dritten! Zwölf Dollar fünfzig, bitte sehr, der Herr mit der roten Krawatte.“ Mit einem Hammerschlag besiegelte der Auktionator den Handel. Dann wandte er sich dem nächsten Stück zu.
„Und nun die Position achtundzwanzig!“ pries er stimmgewaltig an. „Ein sehr interessantes Stück, meine Damen und Herren. Etwas ganz Besonderes! Hebt es mal hier ’rauf, Jungs, damit es alle sehen können.“
Zwei kräftige Helfer hoben eine kleine, altmodische Reisetruhe auf das Podest. Peter trat unruhig von einem Fuß auf den anderen. Es war ein heißer Tag, und die Luft im Raum war stickig. Ein paar Männer aus dem Publikum hatten offensichtlich Lust dazu, den unbekannten Inhalt der Reisetruhe zu ersteigern, aber für Peter bot die Sache nicht den geringsten Reiz.
„Los, Just, wir gehen!“ flüsterte er seinem Freund zu.
„Nur noch ein paar Minuten“, flüsterte Justus zurück.
„Das Stück sieht recht interessant aus. Ich glaube, ich biete mit.“
„Für das Ding?“ Peter starrte den altmodischen Koffer an. „Du spinnst.“
„Egal — ich will sehen, ob ich’s kriegen kann. Wenn der Inhalt irgend etwas wert ist, teilen wir.“
„Etwas wert? Da drin ist wahrscheinlich ein Haufen Kleider, die seit achtzehnhundertneunzig aus der Mode sind“, sagte Bob. Der Koffer wirkte wirklich altväterisch. Er war aus Holz mit Ledereinfassung und Lederriemen, er hatte einen gewölbten

Deckel, und man sah ihm an, daß er solide verschlossen war. „Meine Damen und Herren!“ rief der Auktionator. „Ich bitte um Ihre Aufmerksamkeit für dieses Prachtstück. Glaubt mir, Leute, einen solchen Koffer macht euch heute niemand mehr!“ Hier und da in der Menge lachte jemand. Wie wahr: Solche Koffer machte bestimmt niemand mehr. Das gute Stück war mindestens fünfzig Jahre alt.

„Ich glaube, der Koffer gehörte einem Schauspieler“, flüsterte Justus seinen beiden Begleitern zu. „Solche Reisetruhen hatten früher Schauspieler auf Tourneen bei sich — für ihre Garderobe.“

„Das fehlt uns noch — ein Haufen alter Theaterkostüme“, murmelte Peter. „Also, Just, ich bitte dich um alles.“

Aber schon erging sich der Auktionator in lautstarken Anpreisungen. „Sehen Sie her, meine Damen und Herren, sehen Sie sich das an!“ schrie er. „Nichts Neues, nichts Modernes — o nein. Aber betrachten Sie es mit den Augen des Sammlers — sehen Sie darin eine liebenswerte Erinnerung an die gute alte Zeit. Und was mag wohl darin stecken?“ Er klopfte mit dem Fingerknöchel an den Koffer. Es gab einen dumpfen Klang. „Wer weiß, was dieser Koffer birgt? Alles Erdenkliche könnte das sein. Stellt euch vor, Leute — in diesem Koffer stecken vielleicht die Kronjuwelen der russischen Zarenfamilie. Garantieren kann ich es nicht, aber die Möglichkeit ist nicht von der Hand zu weisen. Nun, wer bietet etwas? Ihr Gebot, bitte sehr, meine Herrschaften, Ihr Gebot!“

In der Menge blieb es ruhig. Offenbar wollte niemand einen alten Koffer haben. Der Auktionator wurde ärgerlich. „Auf geht's, Herrschaften!“ drängte er. „Wer bietet? Wo soll ich anfangen? Ein solch edler antiker Koffer, ein so kostbares Sammlerstück, ein —“

Gerade begann er sich wieder an seinem eigenen Redefluß zu berauschen — da trat Justus Jonas einen Schritt vor. „Ein Dollar!“ rief er. Vor Aufregung kippte seine Stimme über.
Der Auktionator hielt inne. „Ein Dollar!“ schrie er dann. „Ein Dollar ist geboten — von diesem jungen Mann mit dem klugen Gesicht in der ersten Reihe. Und wißt ihr, was ich jetzt tun werde, Herrschaften? Ich belohne diese Klugheit und verkaufe ihm das Stück für einen Dollar! Basta!“
Er ließ den Hammer niedersausen. Ringsum lachten die Leute. Niemand sonst wollte den Koffer haben, und der Auktionator bemühte sich gar nicht um weitere Gebote. Und so wurde Justus Jonas zum gelinde verblüfften Besitzer eines antiken, fest verschlossenen Koffers mit unbekanntem Inhalt.
Doch plötzlich rührte sich hinten in der Menge etwas. Eine Frau drängte sich vor — eine kleine alte Dame mit weißem Haar, einem altmodischen Hut und goldgefaßter Brille. „Warten Sie bitte noch!“ rief sie. „Ich biete mehr. Zehn Dollar! Ich biete für den Koffer zehn Dollar!“
Die Leute drehten sich überrascht nach ihr um. Wollte da tatsächlich jemand für einen alten Koffer zehn Dollar bezahlen?
„Zwanzig Dollar!“ Die weißhaarige Dame fuchtelte mit dem Arm. „Ich biete zwanzig Dollar!“
„Tut mir leid, Madam“, rief der Auktionator zurück. „Das Geschäft ist perfekt, und verkauft ist verkauft. Weg damit, ihr zwei, nehmt das Ding fort. Wir müssen weiterkommen.“
Die beiden Handlanger hoben den Koffer vom Podest und trugen ihn zu den drei Jungen. „Da habt ihr ihn“, sagte der eine. Peter und Justus traten vor.
„Na ja — scheint so, als gehöre die alte Kiste jetzt uns“, brummte Peter. Er packte den Lederhenkel an einer Seite. „Und was tun wir damit?“

„Wir bringen ihn zum Schrottplatz und machen ihn auf!“ Justus nahm den Griff an der anderen Seite.
„Nicht so hastig“, sagte einer der beiden Männer. „Erst muß bezahlt werden. Ist ja schließlich nicht ganz unwichtig.“
„Aber natürlich.“ Justus ließ den Griff los, zog eine Brieftasche hervor, entnahm ihr einen Dollarschein und gab ihn dem Mann. Der kritzelte etwas auf einen Zettel und reichte ihn Just.
„Deine Quittung“, sagte er. „Jetzt gehört das Ding euch. Wenn wirklich ein Kronschatz drin ist, seid ihr reiche Leute geworden. Ha ha ha!“ Lachend ließ er die Jungen mit dem Koffer ziehen.
Bob ging voraus und bahnte einen Weg durch die Umstehenden, und Just und Peter schleppten den kleinen, aber schweren Koffer zum hinteren Ausgang. Gerade hatten sie ihn an all den Leuten vorbeigetragen, als die weißhaarige Dame, deren Gebot zu spät gekommen war, aufgeregt auf sie losstürzte.
„Hört mal, ihr Jungen“, sagte sie. „Ich kaufe euch diesen Koffer für fünfundzwanzig Dollar ab. Ich sammle nämlich alte Truhen und Koffer, und diesen hier hätte ich gern in meiner Sammlung.“
„Mensch — fünfundzwanzig Dollar!“ entfuhr es Peter.
„Da würd' ich zugreifen, Just“, riet Bob.
„Da macht ihr ein gutes Geschäft, und der Koffer ist auch unter Sammlern wirklich nicht mehr wert“, meinte die Dame. „Hier bitte, fünfundzwanzig Dollar.“ Sie nahm das Geld aus einer dicken Brieftasche und streckte es Just energisch entgegen. Doch zur Verwunderung seiner Freunde schüttelte Justus den Kopf.
„Es tut mir leid, Madam“, sagte er. „Aber wir wollen ihn nicht verkaufen. Wir möchten sehen, was drin ist.“
„Da kann doch nichts Wertvolles drin sein“, widersprach die Dame sichtlich erregt. „Da, ich gebe euch dreißig Dollar.“
„Nein, vielen Dank.“ Justus schüttelte wieder den Kopf. „Ich möchte nun mal nicht verkaufen.“

Die Frau seufzte. Sie wollte wohl noch etwas sagen, aber plötzlich sah sie erschrocken aus. Sie wandte sich um und trippelte hastig davon. Gleich darauf war sie in der Menge untergetaucht. Wie es schien, hatte ihr ein junger Mann, der eben mit einer Kamera herzutrat, den Schrecken eingejagt. „Hallo, Jungs", sagte der junge Mann. „Ich bin Fred Brown, Reporter für die *Hollywood News*, und ich suche gerade etwas für die Seite ‚Notizen aus dem Alltag'. Kann ich ein Bild von euch mit dem Koffer machen? Sonst war ja auf der Versteigerung wirklich nichts los. Hebt ihn doch mal hoch, bitte — ja, so ist es gut. Und du —", er wandte sich an Bob, „du stellst dich dahinter, damit du auch mit aufs Bild kommst." Bob und Peter wußten nicht recht, was sie davon halten sollten, aber Justus dirigierte sie schnell entschlossen so, wie der Reporter sie haben wollte. Als Bob hinter dem Koffer stand, bemerkte er auf der Oberseite eine Aufschrift in verblaßtem Weiß: DER GROSSE GULLIVER. Der junge Mann zückte die Kamera, ein Blitzlicht flammte auf, und das Foto war im Kasten.

„Besten Dank", sagte der Reporter. „Darf ich noch eure Namen erfahren? Und wollt ihr mir erzählen, warum ihr die dreißig Dollar nicht genommen habt? Das wäre doch ein ganz gutes Geschäft gewesen."

„Wir sind eben zu neugierig", gab Justus zur Antwort. „Ich glaube, dieser Koffer gehörte mal zum Theater. Wir wollen sehen, was drin ist. Wir haben ihn nur so zum Spaß gekauft, wir wollten kein Geschäft machen."

„Dann glaubt ihr also nicht, daß da drin die russischen Kronjuwelen sind?" Fred Brown unterdrückte ein Lachen.

„Das war doch bloß Geschwätz", sagte Peter. „Alte Kleider sind wahrscheinlich drin."

„Mag sein", gab der junge Mann zu. „Der Name hier, ‚Der

Große Gulliver', klingt ja recht komödiantisch. Apropos Namen: Wie sagtet ihr doch gleich?"
„Bis jetzt noch gar nichts", stellte Justus richtig. „Aber hier ist unsere Karte. Wir sind — hm, wir befassen uns mit Ermittlungen aller Art." Er reichte dem Reporter eine der Geschäftskarten, die er und seine Freunde immer bei sich trugen. Darauf stand:

Die drei Detektive
???
Wir übernehmen jeden Fall

Erster Detektiv:	Justus Jonas
Zweiter Detektiv:	Peter Shaw
Recherchen und Archiv:	Bob Andrews

„Aha!" Der Reporter hob die Augenbrauen. „Ihr seid also Detektive, wie? Was bedeuten denn die Fragezeichen?"
„Die sind unsere Marke", erklärte ihm Justus. „Das Fragezeichen ist ein Symbol für unerforschte Geheimnisse, für ungelöste Rätsel, für alle möglichen verzwickten Probleme. Deshalb führen wir es als Firmenzeichen. Wir untersuchen alles, was irgendwie nach Geheimnis riecht."
„Und jetzt untersucht ihr also einen alten Theaterkoffer." Der junge Mann lächelte und steckte die Karte ein.
„Danke schön für alles! Vielleicht seht ihr heute abend euer Bild in der Zeitung — es hängt davon ab, ob dem Redakteur die Story gefällt oder nicht." Er winkte zum Abschied, wandte sich um und ging weg. Just hob den Koffer auf seiner Seite wieder hoch. „Los, Peter, wir müssen hier 'raus", sagte er. „Wir können Patrick nicht länger warten lassen."

Bob ging wieder voran, Justus und Peter schleppten den Koffer zum Ausgang. Peter war immer noch unzufrieden. „Warum hast du dem Burschen denn gesagt, wer wir sind?“ wollte er wissen. „Werbung“, sagte Justus. „Kein Unternehmen kommt ohne Werbung aus. Die wirklich spannenden Fälle sind in letzter Zeit rar geworden, und wenn wir nicht bald wieder ins Geschäft kommen, setzen wir Rost an.“
Sie traten durch ein großes Tor auf den Gehweg hinaus. Ein paar Schritte weiter stand am Straßenrand der kleine Lastwagen. Die Jungen hoben den Koffer auf die Pritsche und stiegen zu Patrick ins Führerhaus.
„Jetzt geht's heim, Patrick“, sagte Justus. „Wir haben etwas ersteigert und möchten es uns anschauen.“
„In Ordnung, Just.“ Patrick startete den Motor. „Was habt ihr denn Schönes gekauft?“
„Einen alten Koffer“, antwortete Peter. „Was meinst du, Chef — wie kriegen wir den auf?“
„Auf dem Schrottplatz gibt es jede Menge Schlüssel“, erklärte Justus. „Wenn wir Glück haben, paßt einer davon.“
„Oder wir müssen ihn eben aufstemmen“, schlug Bob vor. „Nein.“ Justus schüttelte den Kopf. „Dabei würde er ja kaputtgehen. Wir bekommen das Schloß schon irgendwie auf.“ Schweigend fuhren sie das letzte Stück bis zum Gelände der Firma Jonas in Rocky Beach. Peter und Just reichten den Koffer von der Pritsche herunter, Patrick stellte ihn unten ab. Aus der kleinen Baracke, die als Büro diente, kam Mrs. Jonas gelaufen.
„Ach du liebe Güte, was habt denn ihr erstanden?“ fragte sie. „Der alte Kasten sieht ja aus, als sei er damals mit der ‚Mayflower‘ übers Meer gekommen.“
„Stimmt nicht ganz, Tante Mathilda“, sagte Justus. „Aber alt ist er schon. Einen Dollar haben wir dafür bezahlt.“

„Na, dann habt ihr wenigstens nicht viel Geld vertan“, meinte Mrs. Jonas. „Und nun braucht ihr wohl das Schlüsselbund, um ihn aufzubekommen. Es hängt drinnen über dem Schreibtisch an der Wand.“

Bob holte die Schlüssel, und Just probierte alle aus, die ungefähr die passende Größe hatten. Nach einer halben Stunde gab er es auf — kein einziger Schlüssel öffnete das Kofferschloß.

„Und was machen wir jetzt?“ fragte Peter.

„Aufbrechen?“ schlug Bob vor.

„Noch nicht“, entschied Just. „Ich glaube, irgendwo bewahrt Onkel Titus noch mehr Schlüssel auf. Wir müssen warten, bis er kommt. Dann fragen wir ihn danach.“

Justs Tante kam wieder aus ihrem Bürohäuschen. „Hört mal“, sagte sie energisch, „damit können wir uns nicht den ganzen Tag aufhalten. Es wird Zeit, was zu arbeiten. Erst gibt's Essen, dann geht's an die Arbeit. Der alte Koffer muß eben warten.“

Widerstrebend gingen die Jungen zum Essen in das hübsche zweistöckige Haus neben dem Schrottplatz, wo Justus bei Onkel und Tante wohnte. Danach machten sie sich ans Werk: Im Warenlager gab es allerlei zu flicken und zu reparieren. Später würde Titus Jonas die Sachen wieder verkaufen und den Jungen einen Teil der Einnahmen als Taschengeld überlassen.

Sie waren bis zum Spätnachmittag beschäftigt; dann kam der große Lastwagen mit Titus Jonas und Kenneth, Patricks Bruder, in den Hof gerumpelt. Sie brachten eine Ladung Trödelkram und Gerümpel heim, die Mr. Jonas tagsüber aufgekauft hatte. Titus Jonas, ein kleiner Mann mit einer großen Nase und einem gewaltigen schwarzen Schnauzbart, sprang behende wie ein Junge vom Wagen und nahm seine Frau zur Begrüßung in die Arme. Dann schwenkte er eine Zeitung durch die Luft. „Kommt mal her, ihr Burschen!“ rief er. „Ihr steht in der Zeitung!“ Neugierig

scharten sich die Jungen um Titus Jonas und seine Frau. Titus entfaltete die *Hollywood News* und zeigte ihnen die erste Seite des Lokalteils. Ja, richtig — da war ihr Bild: Just und Peter trugen den alten Koffer, und Bob stand dahinter. Es war ein gutes Foto — sogar der Name auf dem Koffer, DER GROSSE GULLIVER, war deutlich zu erkennen. Die Überschrift hieß: „Geheimnisvoller Koffer ruft Nachwuchs-Detektive auf den Plan."
Der Artikel darunter berichtete mit viel Humor, wie Justus den Koffer ersteigert hatte und ihn dann selbst für gutes Geld nicht wieder hergeben wollte. Auch die Anspielung darauf, daß die Jungen im Innern des Koffers etwas ganz Geheimnisvolles oder Kostbares vermuteten, fehlte nicht. Letzteres hatte sich der Reporter natürlich nur als Würze für seinen Bericht ausgedacht.
Die Jungen hatten ja keine Vorstellung davon gehabt, was sie in dem Koffer finden mochten.
Der Artikel nannte auch ihre Namen und berichtete, daß sie ihr Zentralbüro auf dem Schrottplatz der Firma Jonas in Rocky Beach hatten.
„Na, wenn das keine Werbung ist", sagte Peter. „Nur werden wir ein bißchen doof hingestellt — als ob wir wirklich glaubten, es sei etwas Wertvolles in dem Koffer."
„Das haben wir dem Auktionator zu verdanken, weil er das mit den russischen Kronjuwelen sagte", meinte Justus. „Wir müssen den Artikel ausschneiden und in unser Album kleben."
„Später", sagte Mrs. Jonas sehr bestimmt. „Es ist Zeit zum Abendessen. Verstaut den Koffer und wascht euch. Wie ist es, Bob und Peter, bleibt ihr zum Essen da?"
Die beiden aßen im Jonas'schen Haus sicher ebenso oft wie daheim. Diesmal wollten sie aber lieber nach Hause fahren; also strampelten sie auf ihren Rädern los. Justus schob den alten Koffer hinter die Bürobaracke und ging zum Essen ins Haus.

Mr. Jonas folgte und schloß das große Tor zum Schrottplatz ab. Die reich verzierten eisernen Torflügel hatte er einmal von einem abgebrannten herrschaftlichen Anwesen erstanden.
An diesem Abend ereignete sich nichts weiter, bis Justus gerade zu Bett gehen wollte. Da klopfte es leise an der Haustür. Es waren Patrick und Kenneth, die hinten auf dem Betriebsgelände in einem kleinen Haus wohnten.
„Wir wollten Ihnen bloß was melden, Mr. Jonas", sagte Patrick leise. „Wir haben auf dem Schrottplatz ein Licht gesehen, und da guckten wir durch den Zaun 'rein. Da drin treibt sich einer herum. Sollten wir nicht lieber miteinander nachsehen?"
„Himmel hilf — Einbrecher!" stöhnte Mrs. Jonas.
„Wir wollen mal schauen, Mathilda, meine Liebe", beruhigte Mr. Jonas sie. „Patrick und Kenneth sind ja hier — da nehmen wir es mit jedem Einbrecher auf. Wir werden uns an die Eindringlinge heranschleichen und sie aus dem Hinterhalt überfallen."
Mit seinen beiden kräftigen Helfern ging er vorsichtig zum großen Hoftor. Justus kam hinterher. Es hatte ihn zwar niemand dazu aufgefordert, aber verboten hatte es ihm auch keiner. Durch die Ritzen zwischen den Zaunplanken konnten sie jetzt den flackernden Lichtschein einer Taschenlampe sehen. Auf Zehenspitzen gingen sie weiter. Und da passierte es — Patrick stolperte, schlug der Länge nach hin und rief verdutzt: „Hoppla!" Das blieb drinnen im Hof nicht ungehört. Sofort war Füßegetrappel zu vernehmen. Zwei dunkle Gestalten rannten zum Tor hinaus, waren mit wenigen Sprüngen bei einem Wagen, der auf der anderen Straßenseite stand, und brausten damit los. Mr. Jonas, Kenneth und Justus liefen schnell zum Tor. Es stand offen — anscheinend war es mit einem Dietrich geöffnet worden. Die Diebe waren verschwunden.

Aber Justus kam plötzlich ein Verdacht; er lief zu der Stelle, wo er seine Erwerbung, den alten Koffer, verstaut hatte. Der geheimnisvolle Koffer war weg!

Ob jene alte Dame, die auf der Auktion so hartnäckiges Interesse für den Koffer gezeigt hatte, wohl noch so gut zu Fuß ist, daß sie große Sprünge machen kann? Oder sollten es gar andere „Sammler" gewesen sein? Wer weiß etwas — und was weiß man? Und wer hat nun den Koffer?

Ein sonderbarer Besuch

Bob Andrews radelte in die Einfahrt zum Schrottplatz. Es war ein strahlender Spätsommermorgen; sicher würde es ein heißer Tag werden. Seine Freunde waren schon fleißig bei der Arbeit. Peter nahm gerade einen verrosteten Rasenmäher auseinander, und Justus strich ein paar eiserne Gartenstühle, von denen er zuvor den Rost abgeschmirgelt hatte, mit weißer Lackfarbe frisch an.

Als Bob sein Rad abgestellt hatte und auf sie zukam, blickten sie auf. Irgend etwas schien sie zu bedrücken.

„Hallo, Bob", sagte Justus. „Nimm dir einen Pinsel und tu auch was. Wir haben eine Menge Stühle anzustreichen."

Bob konnte sich nicht mehr zurückhalten. „Habt ihr den Koffer aufgekriegt? Was war denn drin?"

„Den Koffer?" Peter lachter bitter. „Von was für einem Koffer redest du da, Bob?"

„Du weißt doch, was ich meine", sagte Bob verwirrt. „Den Koffer, den Just gestern auf der Auktion ersteigert hat. Meine Mutter fand, daß wir drei auf dem Foto ganz gut getroffen seien Sie interessiert sich auch sehr für den Koffer."

„Alles scheint sich für diesen Koffer zu interessieren", meinte Justus, während er großzügig Farbe aufstrich. „Und zwar brennend. Wir hätten ihn doch mit Gewinn verkaufen sollen, solange wir ihn noch hatten."

„Sagt mal, wovon redet ihr nun eigentlich?" wollte Bob wissen.

„Er meint, daß es keinen Koffer mehr gibt", erklärte Peter. „Weg ist er. Heute nacht gestohlen worden."

„Gestohlen!" Bob riß die Augen auf. „Und wer war es?"

„Das wissen wir nicht", sagte Justus. Dann berichtete er Bob

von der nächtlichen Ruhestörung. „Zwei Männer sind weggelaufen und verschwunden", schloß er. „Und der Koffer war auch weg. Offenbar haben sie ihn gestohlen."
„Ich möchte bloß wissen, warum die so scharf drauf waren!" rief Bob. „Was meint ihr — was war wohl drin?"
„Vielleicht waren auch sie nur neugierig", meinte Peter. „Vielleicht haben sie den Artikel in der Zeitung gelesen und wollten sich das Ding mal ansehen."
„Das glaube ich nicht." Justus schüttelte den Kopf. „Aus purer Neugierde stiehlt man keinen Koffer, der bloß einen Dollar wert ist — das Risiko wäre zu groß. Sie müssen Grund zu der Annahme gehabt haben, daß etwas Wertvolles drin war. Allmählich glaube ich, der Koffer wäre eine Untersuchung wert gewesen. Zu dumm, daß wir ihn nicht mehr haben."
Die Ankuft eines teuren blauen Autos unterbrach die Unterhaltung. Ein großer, magerer Mann mit seltsam schräggestellten Augenbrauen stieg aus und kam auf die Jungen zu. „Oh, guten Morgen", sagte er. Dabei sah er Justus an. „Justus Jonas, wie ich annehme."
„Ja, Sir", erwiderte Justus. „Was wünschen Sie? Meine Tante und mein Onkel sind gerade nicht da, aber wenn etwas in unserem Lager hier Sie interessiert, kann ich es Ihnen auch verkaufen."
„Mich interessiert nur eines", sagte der große Mann. „Nach einer Meldung in der Lokalzeitung habt ihr gestern einen alten Koffer gekauft. Auf einer Auktion. Für den stolzen Preis von einem Dollar. Entspricht dies den Tatsachen?"
„Ja, Sir." Justus machte große Augen. Erscheinung und Sprechweise des Mannes waren wirklich etwas sonderbar. „Das stimmt."
„Sehr schön", meinte der Mann. „Vergeuden wir unsere Zeit

nicht länger mit Worten. Ich möchte euch den Koffer abkaufen. Ich will doch hoffen, daß ihr ihn noch nicht verkauft habt?"
„Nein, Sir", gab Justus wahrheitsgemäß Auskunft. „Wir haben ihn nicht verkauft. Aber —"
„Dann ist es ja gut", unterbrach ihn der Fremde. Mit weitausholender Geste streckte er die Hand von sich, und zwischen seinen Fingern erschien ein Fächer aus grünen Geldscheinen.
„Da, seht her", sagte er. „Hundert Dollar. Zehn Zehndollarscheine. Die biete ich euch für den Koffer." Da Justus zögerte, fuhr er fort: „Das dürfte ja wohl reichen? Ihr erwartet doch nicht im Ernst, daß ich für einen altmodischen Koffer voll Krimskrams noch mehr bezahle, oder?"
„Nein, Sir", fing Justus noch einmal an. „Aber —"
„Dein Aber kannst du dir sparen", fiel ihm der Mann wieder ins Wort. „Ich biete euch einen anständigen Preis. Ich möchte den Koffer als Andenken haben. In dem Zeitungsartikel stand, daß er früher dem Großen Gulliver gehört habe. Ist das wahr?"
„Na ja —", antwortete Justus. Bob und Peter staunten stumm.
„Der Name stand drauf. Aber —"
„Schon wieder ein Aber!" Der große Mann zog die Brauen zusammen. „Schluß jetzt mit dem Palaver! Der Große Gulliver war nämlich einst mein Freund. Seit Jahren habe ich ihn nicht mehr gesehen. Ich muß wohl gar fürchten, daß er nicht mehr unter uns weilt. Dahingeschieden. Entschlafen. Rundheraus gesagt: tot. Wer den Großen Gulliver kannte, vergißt ihn nicht.
Als Andenken an die alten Zeiten möchte ich seinen Koffer gern haben. Hier — meine Karte."
Er schnippte mit den Fingern. Das Geld in seiner Hand verwandelte sich in ein weißes Kärtchen, das er Justus reichte. Auf der Karte stand *Maximilian der Magier*, und darunter war seine Adresse angegeben: der Magische Zirkel in Hollywood.

„Sie sind Zauberer!“ rief Justus. Maximilian der Magier machte eine kleine Verbeugung.
„Ehedem recht bekannt“, erwiderte er. „Vor allen gekrönten Häuptern Europas zeigte ich meine Kunst. Jetzt lebe ich im Ruhestand und widme meine Zeit dem Schreiben: eine Geschichte der Zauberkunst. Gelegentlich gebe ich noch unter Freunden eine kleine Kostprobe meiner Fertigkeiten. Aber nun wieder zur Sache.“
Ein zweites Mal schnippte er mit den Fingern, und das Geld war wieder in seiner Hand.
„Wir wollen unseren Handel abschließen“, meinte er. „Ich habe das Geld — ich möchte gern den Koffer. Ihr lebt hier vom Kaufen und Verkaufen. Es ist doch ganz einfach: ihr verkauft, ich kaufe. Was zögert ihr noch?“
„Ich kann Ihnen den Koffer nicht verkaufen!“ stieß Justus hervor. „Das versuche ich Ihnen schon die ganze Zeit klarzumachen.“
„Du kannst nicht?“ Die schrägstehenden Brauen des Magiers zogen sich noch enger zusammen. Sein Ausdruck war eine dunkle Drohung. „Natürlich kannst du es. Mach mich nicht zornig, Junge. Noch verfüge ich über magische Kräfte. Wie wäre es —“, und sein Kopf mit den dunkel glühenden Augen schnellte vor, „wie wäre es, wenn ich dich mit einem Fingerschnippen verschwinden ließe? Ffft! In Luft aufgelöst! Und es gäbe kein Zurück. Dann würde es dir wohl leid tun, mich in Wut gebracht zu haben.“
Mr. Maximilians Worte klangen so bedrohlich, daß Bob und Peter mühsam schlucken mußten. Auch Just war es sichtlich nicht geheuer. „Ich kann Ihnen den Koffer nicht verkaufen“, sagte er, „weil ich ihn nicht habe. Er ist gestern abend gestohlen worden.“

„Gestohlen! Ist das die Wahrheit, Junge?“

„Ja, Sir.“ Zum dritten Mal an diesem Morgen begann Justus über die Ereignisse des vergangenen Abends zu berichten. Maximilian hörte aufmerksam zu. Dann seufzte er.

„Ach, wäre ich doch nur gleich gekommen, als ich die Zeitung gelesen hatte!“ sagte er. „Und ihr habt keinen Fingerzeig, wer die Diebe sein könnten?“

„Sie sind uns entwischt, ehe wir an sie herankamen“, erklärte Justus.

„Schlimm, sehr schlimm“, murmelte der Magier. „Wer hätte gedacht, daß der Koffer des Großen Gulliver auf so seltsame Weise wieder auftauchen und dann erneut verschwinden würde? Ich möchte nur wissen, warum sie ihn haben wollten.“

„Vielleicht ist doch etwas Wertvolles drin“, gab Bob zu bedenken.

„Unsinn!“ sagte Maximilian. „Der Große Gulliver hat nie irgendwelche Reichtümer besessen, der arme Kerl. Er hatte nichts als seine Zauberkünste. Irgendwelche alten Requisiten könnten in dem Koffer sein, doch die wären nur für einen anderen Zauberer etwas wert — für mich zum Beispiel. Hatte ich schon gesagt, daß der Große Gulliver auch Zauberer war? Aber ihr habt es bestimmt schon erraten. Groß war er eigentlich nicht, auch wenn er sich so nannte. Ein kleiner dicker Mann war er, mit rundem Gesicht und schwarzem Haar. Manchmal trug er ein orientalisches Kostüm, um wie ein exotischer Magier zu wirken. Er hatte einen ganz besonderen Trick, und ich hatte gehofft, ich könnte vielleicht . . . doch sei's drum. Der Koffer ist fort.“

Er verstummte und dachte nach. Dann zuckte er die Achseln, und das Geld zwischen seinen Fingern verschwand. „Meine Fahrt hierher war umsonst“, sagte er. „Aber es ist immerhin möglich, daß ihr den Koffer wiederbekommt. Wenn das geschehen sollte, so vergeßt nicht: Maximilian der Magier sucht ihn!“ Er sah Justus mit durchdringendem Blick an. „Hast du verstanden, junger Mann? Ich muß diesen Koffer haben. Wenn er wieder in eure Hände gelangt, werde ich dafür bezahlen. Ihr werdet mir über den Magischen Zirkel Nachricht geben. Einverstanden?“

„Ich wüßte nicht, wie wir den Koffer je wieder kriegen sollten“, gab Peter zu bedenken.

„Nun, vielleicht ergibt es sich doch“, meinte Maximilian beharrlich. „Und wenn er wieder auftaucht, habe ich das Vorrecht. Sind wir uns einig, Junge?“

„Falls wir den Koffer wiederbekommen“, sagte Justus, „werden wir ihn nicht verkaufen, ehe wir mit Ihnen verhandelt haben, Mr. Maximilian. Weiter kann ich nichts versprechen. Peter hat schon recht: Ich wüßte nicht, wie wir den Koffer zurückbekommen könnten. Die Diebe sind jetzt sicher schon über alle Berge.“

„Das fürchte ich auch“, sagte der Zauberer niedergeschlagen. „Nun, wir müssen abwarten, was geschieht. Verliert nur meine Karte nicht.“

Er streckte die Hand in die Tasche, schien überrascht und holte ein Ei hervor. „Oh — wie kommt denn das hierher?“ fragte er. „Ich kann doch in meiner Tasche kein Ei gebrauchen. Da, Junge, fang auf!“ Er warf Peter das Ei zu. Schnell streckte Peter die Hand aus, aber mitten im Flug verschwand das Ei plötzlich, als ob ein Licht ausgeknipst würde.

„Hm“, murmelte der Zauberer, „muß wohl eines vom Urvogel gewesen sein, heute bekanntlich ausgestorben. Aber nun muß ich gehen. Vergeßt nicht, mir Bescheid zu geben.“

Er schritt auf seinen Wagen zu. Die drei Jungen waren darauf gefaßt, daß er sich noch einen ungewöhnlichen Abgang verschaffen würde, aber er fuhr ganz normal zum Tor hinaus und bog in die Straße ein.

„Mensch!“ sagte Peter. „Das war vielleicht ein Kunde!“
„Es war ihm ja sehr um den Koffer zu tun“, stellte Justus fest. „Ob das wirklich nur daher kommt, daß er und der Große Gulliver Kollegen waren? Oder ob da irgendwas in dem Koffer ist, was er gern haben möchte?“
Sie diskutierten noch darüber, als wieder ein Wagen in die Einfahrt gerollt kam. Erst dachten sie, Mr. Maximilian sei noch einmal zurückgekommen, aber dann sahen sie, daß es kein so großes Auto war, sondern ein kleiner Sportwagen. Er hielt, und ein junger Mann stieg aus. Sie erkannten den Reporter wieder, der sie tags zuvor bei der Versteigerung fotografiert und interviewt hatte.
„Hallo“, sagte er. „Kennt ihr mich noch — Fred Brown?“
„Ja, natürlich“, antwortete Justus. „Was wünschen Sie, bitte?“
„Ich wollte mal hören, ob ihr den Koffer schon aufgemacht habt“, sagte der Reporter. „Über diesen Koffer werde ich wohl nochmal einen Aufmacher schreiben können. Es ist nämlich möglich, daß etwas ganz Besonderes drin ist. Ich glaube, es ist ein Totenschädel — und der kann sprechen!“

Rätsel über Rätsel

„Ein Schädel? Sprechen?“ riefen die Jungen durcheinander. Fred Brown nickte. „Ja, genau das. Ein echter Totenkopf, und er kann sprechen. Habt ihr ihn schon gefunden?“

Justus mußte zugeben, daß sie nichts gefunden hatten, weil der Koffer gestohlen worden war. Wieder mußte er die Geschichte erzählen. Der Reporter runzelte die Stirn.

„Verflixt!“ sagte er. „Dann ist es nichts mit meinem Aufmacher. Ja, und wer hat den Koffer gestohlen? Wahrscheinlich jemand, der den Zeitungsartikel gelesen hat.“

„Sehr wahrscheinlich, Mr. Brown“, stimmte ihm Justus zu. „Vielleicht wußte noch jemand etwas von dem sprechenden Totenkopf und wollte ihn an sich bringen. War es denn wirklich ein Schädel, der richtig sprechen konnte?“

„Bitte, nennt mich doch Fred“, sagte der Reporter. „Ob der Schädel richtig sprechen konnte oder nicht, kann ich euch nicht sagen. Ich weiß nur, daß es allgemein behauptet wurde. Ich habe mir nämlich über den Namen auf dem Koffer — Der Große Gulliver — Gedanken gemacht. Mir war, als hätte ich ihn früher schon mal gehört. Also schaute ich in unserem Archiv nach.“

Bob nickte verständnisvoll. Sein Vater arbeitete ebenfalls bei einer Zeitung, und daher kannte er ein solches Pressearchiv, in dem alte Manuskripte, Zeitungsausschnitte und Fotos für künftige Recherchen säuberlich abgelegt sind. Im Grunde ist es eine umfangreiche Bibliothek über alle möglichen Personen und Ereignisse.

„Ja“, fuhr Fred Brown fort, „und dort schlug ich unter Gulliver — Der Große Gulliver — nach. Tatsächlich existierten verschiedene Berichte über ihn. Man gewinnt daraus den Eindruck,

daß er zwar als Zauberkünstler nicht überragend war, aber eine ganz besondere Nummer vorführte. Er besaß nämlich einen sprechenden Totenschädel.
Vor einem Jahr ist dieser Gulliver dann plötzlich verschwunden — es war, als hätte er sich in Luft aufgelöst wie seine Requisiten bei der Vorstellung. Niemand weiß, ob er gestorben ist oder was sonst geschah. Aber anscheinend ließ er in einem Hotel seinen Koffer zurück — den Koffer, der gestern versteigert wurde und den ihr gekauft habt. Ich dachte mir, daß in dem Koffer wahrscheinlich das ganze Zubehör für seine magischen Tricks sein müßte, auch der Totenschädel, und daß das eine feine Story abgeben würde."
„Sie sagen, er sei verschwunden?" fragte Bob.
„Die ganze Sache wird ja allmählich ziemlich undurchsichtig." Justus runzelte die Stirn. „Ein Zauberkünstler verschwindet, ein Koffer verschwindet, und ein Totenkopf soll sprechen können. Wirklich, äußerst mysteriös."
„Mal langsam, Justus — da bin ich nicht einverstanden!" protestierte Peter. „Du guckst so merkwürdig, und das mag ich nicht. Du siehst da wieder einen Fall vor dir! Aber ich habe keine Lust zu untersuchen, weshalb ein Totenkopf sprechen kann. Wenn du mich fragst: So was gibt es nicht, und wenn es so wäre, will ich davon nichts wissen."
„Jetzt, wo der Koffer weg ist, können wir sowieso nichts untersuchen", erklärte ihm Justus. „Aber Fred, ich würde gern noch mehr über den Großen Gulliver erfahren."
„Gern", sagte der Reporter. Er setzte sich auf einen von Justs Stühlen, der noch nicht angestrichen war. „Dann will ich mal ein bißchen weiter ausholen. Gulliver war, wie gesagt, kein Zauberkünstler von Format, aber er hatte diesen Schädel, der allem Anschein nach tatsächlich sprechen konnte. Gulliver stellte ihn

auf eine Glasplatte, ohne alles Drumherum, und dann beantwortete der Totenkopf Fragen."
„Also Bauchrednerkunst?" vermutete Justus. „Gulliver übernahm das Sprechen, ohne die Lippen zu bewegen?"
„Tja — mag sein. Aber der Schädel konnte auch sprechen, wenn Gulliver weit weg am anderen Ende des Saals saß, und manchmal sogar dann, wenn er überhaupt nicht im Raum war. Auch andere Zauberer konnten sich nicht erklären, wie das möglich war. Nun, zuletzt brachte der Schädel Gulliver noch mit der Polizei in Konflikt."
„Und wie kam das?" fragte Bob.
„Gulliver hatte als Zauberer keinen rechten Erfolg, und deshalb versuchte er sich als Wahrsager — und das ist ja hier bei uns verboten. Er nannte sich zwar nicht Wahrsager, sondern Lebensberater. Aber er kostümierte sich als Orientale und saß in einem kleinen Zimmer voller mystischer Symbole. Gegen Honorar empfing er Abergläubische, die seinem Totenkopf Fragen stellen konnten. Er hatte ihm sogar einen Namen gegeben — Sokrates — nach dem Weisen aus dem alten Griechenland."
„Und der Schädel beantwortete die Fragen?" wollte Bob wissen.
„Ja, so hieß es. Angeblich hat er auch Leuten, die mit ihren Sorgen zu ihm kamen, guten Rat erteilt. Aber Gulliver ging zu weit. Sokrates gab schließlich auch Börsentips und andere Ratschläge dieser Art, und ein paar Kunden verloren dabei Geld und erstatteten Anzeige. Gulliver wurde wegen gesetzeswidriger Wahrsagerei verurteilt und kam ins Gefängnis. Etwa ein Jahr lang war er in Haft. Als er entlassen wurde, machte er Schluß mit der Zauberei und dem Wahrsagen und arbeitete in einem Büro. Und eines Tages — ffft! Verschwunden war er. Das Gerücht ging um, daß ein paar Schlägertypen es auf ihn abgesehen hatten — warum, wußte niemand. Vielleicht planten sie ein

Verbrechen, in das sie ihn und Sokrates hineinziehen wollten, und deshalb wollte er verschwinden und ihnen damit entgehen."
„Aber seinen Koffer hat er nicht mitgenommen." Justus knetete seine Unterlippe — das regte stets seinen Denkapparat zu besserem Funktionieren an. „Und das deutet darauf hin, daß ihm entweder etwas zugestoßen ist, oder daß er von einer Minute zur anderen untertauchen mußte."
„Das hast du gut überlegt", sagte Fred. „Vielleicht ist er verunglückt und nicht identifiziert worden."
„Ich möchte wetten, daß Maximilian deshalb den Koffer haben wollte", meldete sich Peter. „Ihm ging es um den Totenkopf — er wollte sich das Geheimnis für sein Programm aneignen. Vielleicht war er tatsächlich Gullivers Freund, aber jetzt dachte er wohl, er könnte die Tricks des Verschollenen ruhig übernehmen."
„Maximilian?" fragte Fred Brown, und Justus berichtete von dem Besuch, den ihnen der große schlanke Magier kurz zuvor abgestattet hatte.
„Wenn er euch den Koffer abkaufen wollte, hatte er sicher mit dem Diebstahl nichts zu tun", meinte Fred. „Ob die Diebe glaubten, sie könnten Sokrates für ihre Ziele einspannen? Na, das spielt wohl keine große Rolle. Ich hatte gehofft, wieder zu einer guten Story zu kommen mit einem Bild von euch samt dem Totenkopf — und Justus vielleicht in Gullivers Kostüm. Aber da das nicht geht, gehe ich lieber. Es war nett, euch wiederzusehen."
Fred Brown fuhr davon.
Justus sah ganz unglücklich drein. „Bestimmt hätten wir da einen interessanten Fall bearbeiten können", sagte er. „Es tut mir richtig leid, daß der Koffer weg ist."
„Mir überhaupt nicht", widersprach Peter. „Ein Koffer mit

einem Totenschädel drin kann mir gestohlen bleiben — ich will nichts davon wissen. Wie kann ein Schädel überhaupt sprechen?"

„Das ist unter anderem das Interessante an der Geschichte", antwortete Justus. „Aber wir brauchen uns ja nicht erst damit zu befassen, weil — oh, da kommt gerade Onkel Titus zurück."

Der große Lastwagen bog mit einer Ladung Schrott und Altmaterial für das Lager in den Hof ein. Justs Onkel sprang vom Wagen und kam zu den Jungen herüber.

„Fleißig bei der Arbeit, wie ich sehe." Er zwinkerte ihnen zu. „Ein Glück, daß Mathilda nicht da ist. Sie würde schon eine Beschäftigung für euch finden. Aber ihr schaut ja alle so nachdenklich aus — gibt's was Wichtiges zu überlegen?"

„Ja, weißt du, es geht um den Koffer, der gestern abend verschwunden ist", erklärte Justus. „Gerade haben wir dazu etwas Interessantes erfahren."

„Ach, der Koffer." Titus Jonas lachte. „Der ist also noch nicht wieder aufgetaucht?"

„Nein, das ist es ja gerade", sagte Justus. „Ich glaube, den kriegen wir nicht mehr zu sehen."

„Hm, das würde ich nicht sagen", meinte Titus Jonas. „War er nicht von einem Zauberer? Na, siehst du — dann könnten wir ihn doch vielleicht wieder herzaubern."

Die Jungen starrten ihn an. „Was soll das heißen, Onkel Titus?" fragte Justus. „Wie sollte das zugehen, das Herzaubern?"

„Na, so etwa." Titus Jonas setzte eine geheimnisvolle Miene auf. Er schnippte dreimal mit den Fingern, drehte sich einmal mit geschlossenen Augen um sich selbst und gab dazu einen seltsamen Singsang von sich: „Abrakadabra, der Koffer ist fort — er muß wieder her aufs Zauberwort! — So", schloß er, „das war ein Zauberspruch. Und wenn der nicht wirkt, dann bekommen wir den Koffer vielleicht mit Köpfchen zurück."

„Mit Köpfchen?“ Justus knetete verwirrt seine Unterlippe. Sein Onkel war immer guter Laune und meist zu Scherzen aufgelegt. Auch jetzt sah es so aus, als wollte er sich über die Jungen lustigmachen, aber so ganz sicher war Justus nicht. „Du hast doch soviel für Rätsel und verzwickte Probleme übrig, Justus“, sagte Titus Jonas. „Und du löst sie gern mit Logik und Verstand. Nun denk mal darüber nach, was gestern abend passiert ist. Erzähl mir nochmal den Hergang.“

„Na ja ...“, sagte Justus. Er versuchte noch immer dahinterzukommen, worauf sein Onkel hinauswollte. „Wir gingen alle zum Schrottplatz. Und da rannten zwei Männer aus dem Hof und sprangen in ein Auto und fuhren weg. Und der Koffer war fort.“

„Also haben ihn die Männer gestohlen, wie?“ fragte Titus.

„Auf jeden Fall“, bekräftigte Justus. „Sie hatten ja das Schloß am Tor aufgebrochen und — halt mal!“ rief er dann. Sein rundes Gesicht errötete — einmal vor Aufregung, und dann vor schamvoller Erkenntnis. „Sie waren noch auf dem Schrottplatz und suchten wahrscheinlich nach dem Koffer, als wir ankamen. Darauf liefen sie zu ihrem Wagen und fuhren weg. Ja, und wie sollten sie den Koffer da gestohlen haben? Hätten sie ihn schon im Wagen gehabt, dann wären sie nicht noch herumgelungert. Und da sie ihn auch nicht wegschleppten, können sie nicht die Diebe gewesen sein. Es gibt nur eine Erklärung: Der Koffer war schon gestohlen, ehe die beiden Männer kamen!“

Mr. Jonas konnte sich das Lachen nicht verkneifen. „Justus“, sagte er, „du bist bestimmt schlau. Aber manchmal bekommt es so einem wie dir ganz gut, wenn er merkt, daß er doch nicht der Schlauste ist. Du nast übersehen, daß es noch eine Erklärung gibt. Vielleicht ist der Koffer gar nicht gestohlen worden. Vielleicht haben ihn die beiden Männer nur nicht gefunden.“

„Aber ich hab' ihn neben dem Büro abgestellt", wandte Justus ein. „Einfach auf den Boden. Ich hätte ihn vielleicht im Büro einschließen sollen, aber ich habe ihn nicht für so wertvoll gehalten."

„Und als du dann vor dem Essen gingst und Patrick und ich abschließen wollten", sagte Titus Jonas, „da dachte ich mir: Das ist also ein Zauberkoffer. Wäre doch keine schlechte Überraschung für Justus, wenn er plötzlich weggezaubert wäre! Und eine gute Übung wär's für ihn, das Ding wieder aufzuspüren. Und da hab' ich dir einen Streich gespielt, Justus. Ich habe den Koffer versteckt. Als wir dann die vermeintlichen Diebe ertappt hatten, da dachte ich, ich lasse ihn lieber bis zum Morgen in seinem Versteck, falls die Burschen es nochmal probieren wollten. Ich wollte dir das alles erzählen, aber dann mußte ich doch mal sehen, ob du nicht von selber dahinterkommen würdest. Ich wollte nur deinen Denkapparat ein bißchen ankurbeln."

„Sie haben ihn versteckt", platzte Bob heraus. „Wo denn, Mr. Jonas?"

Und Peter stimmte ein: „Wo?"

„Wo wäre ein so gutes Versteck, daß der Koffer gar nicht auffallen würde?" fragte Mr. Jonas. Doch schon sah sich Justus überall um, bei den Bauholzstapeln und den alten Maschinen und all dem übrigen Zeug auf dem Schrottplatz. Unter solchem Kram konnte ein Koffer praktisch überall versteckt sein. Aber Justs suchender Blick hielt drüben an der Mauer inne. Dort ragte ein zwei Meter breites Dach in den Hof, und darunter wurden die besseren Stücke des Warenlagers zum Schutz vor gelegentlichen kalifornischen Regenschauern aufbewahrt. An einer Stelle stand ein halbes Dutzend alter Koffer in Reih und Glied. Sie waren alle recht stabil und in ordentlichem Zustand. Und sie waren alle groß...

„Das ideale Versteck für einen kleinen Koffer wäre ein großer Koffer!“ rief Justus voll Eifer. „Hast du das etwa auch gedacht, Onkel Titus?“

„Du kannst ja mal nachschauen“, schlug Mr. Jonas vor. Justus lief hinüber. Aber Peter war schneller als er und riß schon hastig den ersten Koffer auf. Er war leer. Justus öffnete den nächsten — auch er war leer, und der dritte und vierte Koffer ebenso.

Als sie beim fünften Koffer waren, war auch Bob herangekommen. Und als sie den Deckel hoben, konnten sie alle drei nur große Augen machen.

In dem großen Kasten steckte wie in einem Futteral der geheimnisvolle Koffer des Großen Gulliver.

Sokrates wird vorgestellt

„Und jetzt wollen wir mal sehen, ob wir mit den Schlüsseln von Onkel Titus den Koffer aufkriegen", sagte Justus.
Die drei Jungen waren hinten in Justs Werkstatt, die mit Hilfe hoch aufgestapelter Lagerware unauffällig vom vorderen Teil des Schrottplatzes abgetrennt war. Schleunigst hatten sie den ersteigerten Koffer aus seinem Versteck hierher gebracht, wo sie unbeobachtet an ihm hantieren konnten.
Vorn im Hof schlenderten ein paar Kauflustige durchs Warenlager und sahen sich nach allerlei Krimskrams um. Mathilda Jonas war zur Stelle, wenn Bedienung verlangt wurde. Titus hatte Just für die Zeit beurlaubt, bis er mit der Warenladung, die er jetzt noch zusammenholen wollte, wieder zurück sein würde.
Während Justus mit dem Schloß beschäftigt war, ärgerte er sich immer noch darüber, daß er den Koffer nicht weiterhin auf dem Schrottplatz vermutet hatte. Onkel Titus hatte ihn da tüchtig hereingelegt. Justus hätte am Vorabend eben nicht gleich draufloskombinieren sollen. Und spätestens am Morgen, das sagte er sich jetzt, hätte ihm der wahre Hergang klar werden müssen. Durch den bloßen Anschein hatte er sich vollkommen täuschen lassen.
„Daß ich gestern abend den Sachverhalt nicht gründlich untersucht habe, war mein Fehler", sagte er. „Na, man lernt wenigstens mehr daraus, als wenn man die Sache von Anfang an richtig gemacht hätte. Da hat mir Onkel Titus wirklich eine Lektion erteilt."
Bob und Peter grinsten und nickten.
„Und Mr. Maximilian?" fragte Bob. „Wir haben ja versprochen,

ihm Bescheid zu geben, falls der Koffer wieder auftaucht."
„Wir haben versprochen, ihn zu verständigen, ehe wir den Koffer an jemand anders verkaufen", berichtigte Justus. „Und das haben wir ja nicht vor, wenigstens nicht gleich."
„Ich wäre dafür, das Ding zu verkaufen", sagte Peter. „Maximilian hat uns immerhin einen stolzen Preis geboten."
Aber die Vorstellung, einen sprechenden Schädel zu besitzen, beschäftigte bereits Justs Phantasie. „Ans Verkaufen können wir später noch denken", meinte er. „Zuerst will ich herausfinden, ob Sokrates wirklich spricht."
„Gerade das fürchte ich doch", gestand Peter mit einem Seufzer.
Justus probierte immer neue Schlüssel. Endlich paßte einer; das Schloß schnappte auf. Justus löste die Schnallen an den beiden langen Lederriemen, die den Koffer zusammenhielten. Dann hob er den Deckel.
Gespannt schauten sie hinein. Über den Kofferinhalt war ein großes rotes Seidentuch gebreitet. Darunter lagen in einem flachen Einsatz viele kleine Gegenstände, von denen einige in bunte Seidentücher gewickelt waren. Es gab da einen zusammenlegbaren Vogelkäfig, eine gläserne Kugel in einem Untersatz, eine Menge kleiner roter Bälle, ein paar Kartenspiele und einen Satz Metallbecher, die ganz genau ineinanderpaßten. Aber es fand sich kein Totenschädel, und auch keines der Tücher schien einen so großen Gegenstand zu umhüllen. „Da haben wir ein paar von Gullivers magischen Requisiten", stellte Justus fest. „Wenn hier noch etwas Wichtiges ist, dann wird es darunter sein."
Er und Peter hoben den Einsatz heraus und stellten ihn auf den Boden. Darunter lagen, wie es schien, vorwiegend Kleider. Gewöhnliche Sachen waren es allerdings nicht. Als sie Stück für Stück herausnahmen, fanden sie einige Seidenjacken, eine lange

goldfarbene Robe, einen Turban und noch mehr Gewänder von orientalischem Zuschnitt.
Aber dann entdeckte Bob, was sie gesucht hatten. „Da ist es!“ sagte er. „Hier, an der Seite, unter dem lila Tuch. Etwas Rundes. Ganz bestimmt ist das der Totenkopf.“
„Ich glaube, unser Rechercheur hat recht“, sagte Justus anerkennend. Er hob das runde Ding heraus, und Bob schälte es hastig aus der violetten Umhüllung. Und da ruhte er nun in Justs Händen: ein blanker weißer Schädel, der ihn aus leeren Augenhöhlen anzustarren schien. Der Anblick war nicht furchterregend — der Schädel hatte sogar etwas Freundliches an sich. Er erinnerte die Jungen an das menschliche Skelett im Biologiesaal der Schule, das jeder nur „Graf Klapperbein“ nannte. Graf Klapperbein war ihnen allen vertraut, und daher gruselte es sie auch nicht vor dem Schädel des Zauberers.
„Das dürfte also Sokrates sein“, meinte Bob.
„Da war noch was drunter“, sagte Justus. Er gab Sokrates an Bob weiter, tauchte in die Tiefen des Koffers und förderte eine runde Platte zutage, fünf Zentimeter stark und vielleicht fünfzehn Zentimeter im Durchmesser. Offenbar war sie aus Elfenbein. Rings um den Rand waren merkwürdige Symbole eingeschnitzt.
„Das sieht aus wie ein Untersatz für Sokrates“, sagte Justus. „In diese Vertiefungen würde er genau passen.“ Er legte die Elfenbeinplatte auf den Tisch neben sich, und Bob setzte den Schädel darauf. Da ruhte nun Sokrates und schien zu grinsen, und alle drei starrten ihn an.
„Er sieht wirklich aus, als ob er plötzlich zu reden anfangen könnte“, bemerkte Peter. „Aber wenn er das tut, dann sehe ich mich nach einem anderen Job um.“
„Wahrscheinlich konnte ihn nur Gulliver zum Sprechen brin-

gen“, beschwichtigte Justus. „Ich vermute, daß er im Innern irgendeinen Mechanismus hat.“ Er nahm Sokrates hoch und betrachtete ihn genau. „Nichts zu entdecken“, murmelte er enttäuscht. „Wenn da was drin wäre, könnte ich es bestimmt sehen. Irgend etwas müßte sich finden lassen, aber da ist nichts — gar nichts. Das ist mir ein Rätsel.“
Er setzte Sokrates auf seinen Elfenbeinsockel zurück. „Sokrates, wenn du wirklich reden kannst, dann sag etwas“, befahl er.
Doch Sokrates schwieg.

Kein Mechanismus im Totenschädel? Kein künstlicher Kehlkopf? (Doch übersehen wir nicht: Ein Hals ist ja nicht vorhanden — der Schädel ruht direkt auf dem Sockel, wo der Kehlkopf sonst wäre.)

„Na, er scheint jetzt nicht zum Sprechen aufgelegt“, meinte Justus schließlich. „Wir wollen nachsehen, was sonst noch im Koffer ist.“
Die drei zogen weitere orientalische Gewänder heraus. Dann fanden sie noch einen Zauberstab und ein paar kurze Krummsäbel. Mit dem Rücken zu Sokrates betrachteten sie die Säbel. Plötzlich hörten sie hinter sich ein unterdrücktes Niesen. Sie fuhren herum. Da war niemand — das heißt, niemand außer dem Totenschädel.
Sokrates hatte geniest!

Die Stimme aus der Nacht

Die Jungen sahen einander mit großen Augen an.
„Er kann niesen!“ sagte Peter. „Da fehlt nicht mehr viel bis zum Sprechen. Wenn ein Totenkopf niesen kann, dann kann er wahrscheinlich auch die Unabhängigkeitserklärung aufsagen!“
„Hm ...“ Justus runzelte die Stirn. „Bist du sicher, daß du's nicht selber warst, Bob?“
„Es war keiner von uns dreien“, stellte Bob fest. „Ich habe das Niesen ganz deutlich hinter uns gehört.“
„Ausgesprochen sonderbar“, murmelte Justus. „Wenn es ein Trick des Großen Gulliver gewesen wäre, daß der Schädel redet oder sonst was von sich gibt, könnte ich das verstehen. Aber Gulliver ist nicht da. Vielleicht ist er sogar tot. Es will mir einfach nicht in den Kopf, daß ein Totenschädel von alleine niesen kann. Wir müssen ihn nochmal untersuchen.“
Er nahm den Schädel wieder auf, er drehte und wendete ihn, er studierte ihn ganz genau. Er hob ihn sogar hoch, damit das Sonnenlicht voll darauf fallen konnte. Aber er konnte nichts entdecken.
„Da sind weder Kabel noch sonst etwas“, sagte Justus. „Das ist aber wirklich seltsam.“
„Das kann man wohl sagen“, bestätigte Peter eifrig.
„Aber wieso sollte ein Totenkopf ausgerechnet niesen?“ wollte Bob wissen. „Dafür gibt es doch keinen Grund.“
„Ich weiß nicht, warum, und ich weiß nicht, wie“, sagte Justus. „Aber da hätten wir nun einen sehr schönen Fall zu bearbeiten. Und noch dazu einen, für den sich Alfred Hitchcock garantiert interessieren dürfte.“
Er sprach von dem berühmten Filmregisseur und Produzenten,

der ihnen schon einige höchst verwickelte Detektivaufgaben vermittelt hatte und an ihrer Arbeit lebhaft Anteil nahm. „Hör bloß auf!“ rief Peter. „Gestern abend wollten zwei Männer den Koffer hier klauen. Heute machen wir ihn auf und finden einen Totenkopf, der niest. Und als nächstes kommt womöglich —“
Mathilda Jonas' weittragende Stimme unterbrach ihn. „Justus! Bob! Peter! Ich weiß, daß ihr da hinten zusammensteckt. Kommt her, aber dalli! Es gibt was zu tun!“
„Ach du Schreck!“ sagte Bob. „Deine Tante will uns einspannen.“
„Und das war ihr schneidigster Kasernenhofton“, meinte Peter. Schon ertönte Mathildas Ruf von neuem. „Wir gehen wohl besser zu ihr.“
„Richtig“, sagte Justus hastig. Er legte Sokrates wieder in den Koffer und schloß ab. Dann trabten sie miteinander über den Platz. Vorn wartete Mrs. Jonas, die Hände in die Hüften gestemmt.
„Da seid ihr endlich!“ sagte sie. „Es wurde langsam Zeit. Justus, dein Onkel und Patrick und Kenneth haben schon alles abgeladen, was heute 'reinkam. Ihr könntet jetzt das Zeug sortieren und wegräumen.“
Die drei Jungen sahen sich den Haufen Trödelkram vor dem Büro an und stöhnten insgeheim. Es würde lange dauern, bis das alles sauber und ordentlich verstaut war, aber Sauberkeit und Ordnung waren für Mrs. Jonas nun einmal oberstes Prinzip. Die Firma „Gebrauchtwaren-Zentrum T. Jonas“ war zwar ein Schrott- und Altwarenhandel, aber ein erstklassiges Unternehmen weit über dem Branchendurchschnitt, und sie duldete keine Schlamperei.
Die Jungen machten sich ans Werk und machten nur eine kurze Mittagspause, als Mrs. Jonas ihnen einen Imbiß brachte. Kaum

waren sie mit der Arbeit fast fertig, da kam Titus Jonas mit einer neuen Wagenladung — Möbelstücke und allerlei Kram aus einem Appartement-Haus, das der Vermieter aufgelöst hatte. Damit waren sie nun noch den Nachmittag über beschäftigt. Wenn es Justus auch in den Füßen juckte — es kam vorerst nicht in Frage, sich wieder mit dem Koffer und seinem sonderbaren Inhalt zu beschäftigen. Schließlich mußten Bob und Peter nach Hause. Peter verabredete sich mit Justus für den nächsten Morgen. Bob würde später nachkommen; er hatte einen Ferienjob in der Stadtbibliothek und mußte am Vormittag dort arbeiten. Justus ließ sich das Abendessen herzhaft schmecken. Danach war er zu müde, um viel über den geheimnisvollen Koffer des verschwundenen Zauberers und den Totenschädel nachzudenken, dem man die Gabe des Redens zuschrieb. Es kam ihm jedoch noch in den Sinn, daß die Diebe, die schon einmal den Koffer stehlen wollten, vielleicht einen zweiten Versuch machen würden. Also ging er noch einmal hinaus auf den schon abgeschlossenen Lagerplatz und holte Sokrates samt seinem Elfenbeinsockel aus dem Koffer. Alles andere legte er wieder hinein. Dann verschloß er den Koffer, versteckte ihn hinter der Abzugspresse und breitete ein paar alte Tücher darüber. Er hielt das für einen sicheren Ort, aber mit Sokrates wollte er doch lieber kein Risiko eingehen. Also nahm er ihn mit sich ins Haus.

Als er mit Sokrates ins Wohnzimmer kam, sah seine Tante auf und stieß einen unterdrückten Schrei aus. „Um Himmels willen, Justus!“ rief sie. „Was hast du denn da Gräßliches in der Hand?“

„Das ist nur Sokrates“, erklärte Justus. „Es heißt, er könne sprechen.“

„Wirklich — sprechen?“ Titus Jonas blickte von seiner Zeitung auf und lachte kurz. „Na, mein Junge, und was sagt er denn? Recht intelligent sieht er ja aus.“

„Bis jetzt hat er noch nichts gesagt", mußte Justus zugeben. „Aber ich hoffe, das kommt noch. So recht kann ich allerdings nicht dran glauben."

„Na, bei mir bleibt der besser still, sonst müßte ich ihm gehörig Bescheid sagen!" erregte sich Mathilda Jonas. „Allein schon der Gedanke! Geh mir damit aus den Augen, Justus, ich will das Ding nicht sehen."

Justus nahm Sokrates mit hinauf und setzte ihn mitsamt dem Sockel auf das Pult in seinem Zimmer. Dann ging er wieder hinunter zum Fernsehen.

Als er schließlich zu Bett ging, war er sich darüber klar geworden, daß Sokrates unmöglich sprechen konnte. Der Große Gulliver, sein Eigentümer, mußte ein äußerst begabter Bauchredner gewesen sein.

Kurz vor dem Einschlafen schreckte ihn ein leises Pfeifen auf. Noch einmal pfiff es, und es klang ganz nah, als wäre es bei ihm im Zimmer.

Hellwach setzte sich Justus im Bett auf. „Wer ist da? Bist du's, Onkel Titus?" fragte er. Er dachte kurz, sein Onkel wolle ihm vielleicht wieder einen Streich spielen.

„Ich bin es . . ." Eine leise, ziemlich hohe Stimme drang aus dem Dunkel beim Schreibtisch an sein Ohr. „Sokrates."

„Sokrates?" Justus schluckte hart.

„Die Zeit ist gekommen . . . zu reden. Mach kein . . . Licht. Hör nur zu und . . . hab keine Angst. Verstehst du . . . mich?"

Es hörte sich an, als würden die Worte mit großer Mühe ausgesprochen.

Justus starrte in die Dunkelheit, wo Sokrates sein mußte, aber er konnte nichts sehen. „J—ja, ja." Er sprach mit ganz trockener Kehle.

„Gut", sagte die Stimme. „Du mußt . . . morgen . . . zur King

Street in Los Angeles gehen. King Street 311. Das Losungswort ... heißt Sokrates. Hast du ... verstanden?"
„Ja", antwortete Justus, nun schon beherzter. „Aber um was geht es eigentlich? Wer redet denn da?"
„Ich ... Sokrates." Das Flüstern erstarb. Justus tastete nach seiner Leselampe und machte Licht. Er starrte zu Sokrates hinüber. Der Schädel schien ihn anzugrinsen. Aber alles war still. Sokrates konnte nicht gesprochen haben! Und doch — die Stimme war hier im Zimmer gewesen. Sie war nicht durchs Fenster hereingedrungen.
Das Fenster! Justus stand auf und ging hinüber. Aufmerksam sah er hinaus. Der Schrottplatz ließ sich gut überblicken, und nirgendwo war ein Mensch zu sehen.

Alles nur Einbildung von Justus? Aber wie sollte ihm diese Einbildung ausgerechnet eine genaue Adresse eingeben? Also doch Telepathie, Gedankenübertragung?
Nun, Freunde, ihr kennt meine äußerst kritische Einstellung zu — hm — übernatürlichen Vorgängen. Ich empfehle euch lediglich, ebenfalls kritisch zu sein ...

In äußerster Verwirrung stieg Justus wieder ins Bett. Er hatte eine Anweisung erhalten: Los Angeles, King Street 311, am nächsten Morgen. Vielleicht sollte er nicht hingehen — aber er wußte bereits, daß er es tun würde. Dieser rätselhafte Fall wurde ja immer aufregender.
Und einer Versuchung hatte Justus noch nie widerstehen können: einem so richtig geheimnisumwitterten Fall.

Eine geheimnisvolle Botschaft

„Willst du bestimmt nicht, daß ich mitkomme, Just?“ fragte Peter.

Peter und Justus saßen vorn in dem kleinen Lastwagen, mit dem Patrick sie nach Los Angeles gefahren hatte, und musterten das schmutzige Haus King Street 311. An der Veranda war ein verblichenes Schild: *Zimmer.* Darunter war auf einem kleineren Schild zu lesen: *Belegt.*

Die Gegend wirkte recht heruntergekommen. Es gab noch mehr Häuser, in denen laut Anschlag Zimmer vermietet wurden, und auch ein paar Läden. Alles war anstrich- und reparaturbedürftig. Die wenigen Menschen, die man auf der Straße traf, waren schon ziemlich alt. Die Straße machte den Eindruck, als wohnten hier nur ältere Leute mit kleinen Einkommen.

„Nein, lieber nicht, Peter“, antwortete Justus. „Du wartest hier bei Patrick im Lastwagen auf mich. Ich glaube nicht, daß es gefährlich wird.“

Peter schluckte. „Und der Totenkopf hat dir wirklich gesagt, du sollst hierherkommen?“ fragte er. „Einfach so — er stand bei dir auf dem Pult und fing im Dunkeln an zu reden?“

„Entweder war es so, oder ich habe besonders lebhaft geträumt“, meinte Justus. „Aber ich hatte ja nicht geschlafen, also kann ich auch nicht geträumt haben. Ich gehe jetzt hinein und sehe mir die Sache an. Wenn ich in zwanzig Minuten nicht zurück bin, kommst du mit Patrick hinterher.“

„Na schön, wie du meinst. Aber an dieser Geschichte gefällt mir so manches nicht.“

„Wenn es gefährlich wird“, sagte Justus, „schreie ich um Hilfe, so laut ich kann.“

„Sei vorsichtig, Just“, mahnte Patrick. Sein großes, rundes Gesicht war besorgt. „Und wenn du Hilfe brauchst — wir sind gleich da!“ Er spannte seine starken Armmuskeln, als Beweis dafür, daß er nötigenfalls Türen aufbrechen würde, um Justus beizuspringen.

Der Erste Detektiv nickte. „Ich weiß, auf euch beide kann ich mich verlassen“, sagte er, als er vom Wagen heruntersprang.

Dann ging Just den Gartenweg entlang bis zu der kleinen Veranda, stieg ein paar Stufen hinauf und drückte auf die Klingel an der Haustür. Viel Zeit schien zu verstreichen, bis er endlich drinnen Schritte hörte.

Die Tür ging auf. Ein gedrungener Mann mit dunklem Teint und Schnurrbart stand ihm gegenüber. „Ja?“ fragte er. „Was willst du, Junge? Kein Zimmer mehr frei. Alles voll.“

Der Mann sprach mit leicht fremdländischem Akzent, aus dem Justus seine Herkunft nicht erraten konnte. Der Erste Detektiv setzte seine dümmliche Miene auf; das tat er manchmal, wenn er irgendwo den Eindruck erwecken wollte, er sei nur ein einfältiges Dickerchen. „Ich möchte zu Mr. Sokrates“, gab er das Losungswort.

„Ha!“ Der Mann starrte ihn lange an. Dann trat er zurück. „Komm herein. Vielleicht da, vielleicht nicht. Kommt darauf an. Lonzo wird fragen.“

Justus trat ein und blinzelte im dämmrigen Licht. Der Flur war klein und sehr staubig. Er führte zu einem großen Raum, in dem ein paar Männer beim Zeitunglesen und Schachspielen saßen. Alle waren dunkelhäutig, athletisch gebaut und hatten tiefschwarzes Haar. Alle sahen auf und starrten Justus unbewegt an. Just wartete. Schließlich kam der Mann mit dem Schnurrbart aus einem Zimmer am anderen Ende des Flurs. „Mitkommen“, sagte er. „Juana will dich sehen.“

Er führte Justus über den Flur in das Zimmer, ging aber gleich wieder hinaus und machte die Tür hinter sich zu. Justus blinzelte ein paarmal. Der Raum war hell und sonnig, und nach dem dunklen Flur dauerte es einen Augenblick, bis er die alte Frau in dem großen Schaukelstuhl wahrnahm. Sie blickte ihn durch eine altmodische Brille scharf über ihr Strickzeug hinweg an.
Sie trug ein leuchtend rot und gelb gemustertes langes Kleid und hatte große goldene Ringe in den Ohren. Wie sie ihn so ansah, wurde Justus plötzlich klar, daß er eine Zigeunerin vor sich hatte. Ihre ersten Worte bestätigten es.
„Ich bin Juana, die Zigeunerin", sagte sie mit tiefer, etwas heiserer Stimme. „Was wünscht der junge Herr? Soll ich ihm die Zukunft weissagen?"
„Nein, danke, Madam", lehnte Justus höflich ab. „Mr. Sokrates hat mir aufgetragen, hierherzukommen."
„Ah, Mr. Sokrates", wiederholte die Zigeunerin. „Aber Mr. Sokrates ist tot."
Das war Justus im Hinblick auf den Totenschädel natürlich auch klar.
„Und doch hat er zu dir gesprochen", murmelte Juana.
„Seltsam, sehr seltsam. Setz dich, junger Mann. Da an den Tisch. Ich werde den Kristall befragen."
Justus setzte sich an einen kleinen Tisch aus massivem Holz mit merkwürdigen, eingelegten Elfenbeinornamenten. Juana erhob sich und nahm dann ihm gegenüber Platz. Unter der Tischplatte holte sie eine kleine Schatulle hervor und entnahm ihr eine Kristallkugel, die sie mitten auf den Tisch setzte. „Schweig jetzt!" zischte sie. „Kein Wort. Störe den Kristall nicht."
Justus nickte.
Die alte Zigeunerin legte behutsam ihre Hände vor sich auf den Tisch, beugte sich vor und starrte in die blinkende Glaskugel. Sie

verharrte regungslos. Es hatte sogar den Anschein, als atme sie überhaupt nicht mehr. Eine lange Zeit verstrich. Endlich sprach sie wieder.

„Ich sehe einen Koffer", murmelte sie. „Ich sehe Männer — viele Männer, die den Koffer haben möchten. Und ich sehe noch einen Mann. Er hat Angst. Seine Name beginnt mit B — nein, mit G. Er hat Angst, und er braucht Hilfe. Er bittet dich um Hilfe. Der Kristall hellt sich auf! Ich sehe Geld — viel Geld. Viele Menschen wollen dieses Geld haben. Aber es ist verborgen. Es ist hinter einer Wolke — es verschwindet, und niemand weiß, wohin ... Nun verdüstert sich der Kristall. Der Mann, dessen Name mit G beginnt, ist verschwunden. Diesen Mann gibt es nicht mehr. Er ist tot, aber er lebt fort. Nun kann ich nichts mehr sehen."

Hoffen wir, daß es keine Schwierigkeiten mit dem Auge des Gesetzes gibt. Drei Fragen:
1. Spricht die Wahrsagerin die Wahrheit?
2. Wenn ja: Wurde ihr diese Kunde auf übernatürlichem Wege mitgeteilt?
3. Oder handelt es sich um Tatsachen, die sie kennt (und die Justus eben nicht kennt)? In diesem Fall wäre die Kristallkugel ein apartes Dekorationsstück.
Was meint ihr?

Bis jetzt war die alte Zigeunerin vornübergebeugt dagesessen und hatte aufmerksam in die Kristallkugel geblickt. Nun richtete sie sich mit einem Seufzer auf.

„Es ist sehr anstrengend, den Kristall zu befragen", sagte sie. „Für heute muß es genug sein. War dir verständlich, was ich erschaut habe, junger Mann?"
Justus zog verwirrt die Brauen zusammen. „Teilweise ja", sagte er. „Das mit dem Koffer schon. Ich habe einen Koffer, für den sich andere Leute sehr interessieren. Und G könnte der Anfang von Gulliver sein — der Große Gulliver, der Magier."
„Der Große Gulliver", murmelte die Zigeunerin. „Ja, wahrhaftig, er war mit den Zigeunern gut Freund. Aber er ist verschwunden."
„Sie sagten, es gebe ihn nicht mehr", wiederholte Justus. „Er sei tot, und doch lebe er noch. Diesen Teil verstehe ich überhaupt nicht. Was soll das bedeuten?"
„Ich kann es nicht sagen." Die Zigeunerin schüttelte den Kopf. „Aber der Kristall lügt nicht. Wir Zigeuner würden Gulliver gern finden und ihn zurückbringen, denn er war unser Freund. Vielleicht kannst du helfen. Du bist klug, und wenn du auch ein Knabe bist, so hast du doch einen wachen Blick. Du siehst Dinge, die mancher Mann nicht sieht."
„Ich wüßte nicht, wie ich hier helfen könnte", wandte Justus ein. „Von Gulliver weiß ich überhaupt nichts. Und von Geld ist mir schon gar nichts bekannt. Ich habe lediglich auf einer Auktion Gullivers Koffer gekauft, und darin war Sokrates, sein sprechender Schädel. Sokrates hat mir aufgetragen, hierherzukommen. Mehr weiß ich nicht."
„Auch eine weite Reise beginnt mit einem ersten Schritt", sagte die Zigeunerin. „Geh jetzt und warte. Vielleicht wirst du mehr erfahren. Bewahre den Koffer in sicherer Hut. Wenn Sokrates spricht, dann höre gut zu. Leb wohl."
Justus, verwirrter als je zuvor, stand auf und ging.
Lonzo, der Zigeuner mit dem Schnurrbart, geleitete ihn hinaus.

Peter und Patrick warteten im Wagen. Peter sah auf seine Armbanduhr.
„Mensch, Just, jetzt wären wir gleich hineingegangen", sagte er, als Justus ins Führerhaus stieg. „Gut, daß du heil wieder zurück bist. Was war denn los?"
„Das ist mir nicht ganz klar", meinte Justus, während Patrick den Motor startete und der Wagen anfuhr. „Das heißt, ich weiß schon, was geschehen ist, aber ich weiß nicht, was es zu bedeuten hat."
Er berichtete Peter, was er gerade erlebt hatte. Der Zweite Detektiv pfiff durch die Zähne.
„Das geht ja toll zu", sagte er. „Gulliver, und Geld in einem Versteck, und Gulliver soll tot sein und doch noch leben. Ich kapier' das einfach nicht."
„Ich auch nicht", erklärte Justus. „Es bringt einen ganz durcheinander."
„Du, hör mal!" rief Peter. „Glaubst du, daß vielleicht in Gullivers Koffer eine Menge Geld versteckt ist? Nachdem wir Sokrates gefunden hatten, haben wir den Koffer nicht weiter gründlich untersucht. Wenn nun Geld darin wäre, würde das erklären, warum alle so wild darauf sind."
„Daran hab' ich auch gerade gedacht", bekannte Justus. „Womöglich sind die alle gar nicht hinter Sokrates her. Wenn wir wieder daheim sind, nehmen wir uns den Koffer nochmal vor ... Was ist denn, Patrick? Was hast Du denn? Warum gibst du plötzlich Gas?"
„Da folgt uns einer", brummte Patrick und beschleunigte weiter, bis der Wagen mit Höchstgeschwindigkeit dahinrumpelte. „Ein schwarzes Auto mit zwei Männern drin ist schon seit einiger Zeit hinter uns."
Peter und Justus sahen durchs Rückfenster. Hinter ihnen war

tatsächlich ein schwarzer Wagen, der eben zum Überholen ansetzte. Doch die Straße war frei, und Patrick hielt sich mit dem Lastwagen in der Mitte der Fahrbahn, so daß der Verfolger nicht vorbeikam.

So rasten sie einige hundert Meter weit, bis sie die Zufahrt einer Schnellstraße vor sich sahen. In Los Angeles gibt es viele Schnellstraßen, vier- bis achtspurig, die den Verkehr kreuzungsfrei und ohne Ampeln durch die verstopfte Innenstadt leiten. Manche spannen sich hoch über das Straßennetz der Stadt; dies war eine solche Hochstraße.

„Ich fahr' auf die Schnellstraße!" murmelte Patrick. „Dort können sie uns nicht stoppen — zuviel Verkehr." Mit fast unvermindertem Tempo bog er in die Zubringerstraße ein. In der Kurve lehnte sich der Wagen bedenklich zur Seite; dann schoß er auf die breite Hochstraße hinaus, auf der in beiden Richtungen Autokolonnen rasten.

Der Wagen hinter ihnen verfolgte sie nicht weiter. Sein Fahrer mußte begriffen haben, daß er sie — falls er das vorgehabt hatte — nicht mitten im starken Verkehr zum Anhalten zwingen konnte; zudem war das auf Schnellstraßen verboten. Der schwarze Wagen fuhr unten auf der normalen Straße weiter und verschwand in der Ferne.

„Die wären wir los", meinte Patrick. „Am liebsten würde ich sie mir ja vornehmen und sie mit den Köpfen zusammenstoßen. Wohin soll's jetzt gehen, Just?"

„Nach Hause, Patrick", sagte Justus. „Was ist jetzt los, Peter? Warum machst du ein so finsteres Gesicht?"

„Das alles gefällt mir gar nicht", erklärte Peter. „Ein Totenkopf, der nachts mit dir spricht. Und Leute, die den Koffer stehlen wollen und uns verfolgen. Das macht mich nervös. Ich wäre dafür, daß wir die ganze Sache fallen lassen."

„Das werden wir wohl nicht können“, meinte Justus nachdenklich. „Mir scheint, wir haben uns da auf einen Fall eingelassen, den wir nun auch aufklären müssen — ob uns das paßt oder nicht.“

Abschied von Sokrates

Als sie zum Schrottplatz zurückkamen, hatte Mathilda Jonas mehrere Aufträge für Justus. Peter packte mit an, und beide waren bis nach dem Mittagessen beschäftigt. Dann kam noch Bob, der vormittags in der Bibliothek gearbeitet hatte. Zu dritt gingen sie nach hinten zur Werkstatt. Dort ruhte der altgediente Koffer unter dem Tuch, mit dem Justus ihn abgedeckt hatte.

Justus berichtete Bob, was am Morgen geschehen war. Zum Schluß sagte er: „Die Zigeunerin Juana deutete also an, daß auf irgendeine Weise Geld abhanden gekommen ist — und das hängt anscheinend mit dem Verschwinden des Großen Gulliver zusammen."

„Vielleicht ist er mit dem Geld nach Europa gereist oder so was Ähnliches", überlegte Bob.

„Nein." Justus schüttelte den Kopf. „Juana sagte, daß er Hilfe brauche, und daß es ihn nicht mehr gebe — er sei tot, und dennoch lebe er —, und daß sie und die anderen Zigeuner ihm gern zur Rückkehr verhelfen würden. Das ist alles sehr verwirrend, aber ich kann daraus vorerst nur schließen, daß Gulliver nicht mit dem Geld, sondern wegen dieses Geldes verschwunden ist."

„Vielleicht hat er das Geld im Koffer versteckt", meinte Peter, „und irgendwelche üblen Zeitgenossen waren dahinter her? Ihr wißt doch: Fred Brown erwähnte, daß sich kurz vor seinem Verschwinden ein paar unangenehme Typen für ihn interessierten. Vielleicht mußte er sich vor denen verstecken."

„Aber warum sollte er dann das Geld im Koffer zurücklassen?" fragte Justus. „Na, wer weiß — vielleicht hat er's doch getan. Wir müssen also zunächst einmal genau nachsehen."

Doch eine halbe Stunde später, als sie den Koffer ganz ausgepackt und den Inhalt Stück für Stück gründlich untersucht hatten, waren sie weder auf das versteckte Geld noch auf sonst etwas Wertvolles gestoßen.
„Das wär's“, sagte Peter. „Nichts.“
„In großen Scheinen könnte Geld unbemerkt unter dem Futter im Koffer versteckt sein“, meinte Justus. „Seht mal, da unten in der Ecke ist ein Schlitz im Futter.“
„Du meinst, da drunter könnte es sein?“ fragte Bob.
„Aber da ist es doch nur ganz wenig ausgebeult.“ Er griff in den Koffer und steckte einen Finger durch den Schlitz im Futterstoff. „Da ist — da drin ist was!“ rief er aufgeregt.
„Papier! Vielleicht ist es Geld!“ Vorsichtig zog er das Papier heraus und hielt es hoch. „Doch kein Geld“, sagte er dann. „Bloß ein alter Brief.“
„Hm“, murmelte Justus. „Laß mich mal sehen .... Der Brief ist an Gulliver gerichtet, mit einem Hotel als Adresse, und abgestempelt ist er vor ungefähr einem Jahr. Also hat ihn Gulliver genau damals bekommen, als er verschwunden ist. Nachdem er den Brief erhalten hatte, schnitt er das Futter seines Koffers auf und versteckte ihn darunter. Das bedeutet, daß er den Brief für wichtig hielt.“
„Vielleicht ist er der Schlüssel zu dem Geld, von dem Juana sprach“, meinte Bob. „Es könnte ja eine Lageskizze oder so was drin sein.“
Er und Peter schauten Just über die Schulter, als er einen einzelnen Bogen Papier aus dem Umschlag zog. Es standen nur wenige Worte darauf. Sie lauteten:

Landes-Strafanstalt, Krankenstation
17. Juli

Lieber Gulliver!
Dein alter Freund und Zellengenosse Spike Neely möchte sich mal wieder kurz bei Dir melden. Ich bin im Krankenrevier, und ich mache es wohl nicht mehr lang.
Es kann fünf Tage gehen, oder drei Wochen, vielleicht auch noch zwei Monate, das können die Ärzte nicht genau sagen. Auf alle Fälle ist es Zeit zum Abschiednehmen.
Wenn Du mal nach Chicago kommst, dann schau bei meinem Vetter Danny Street 'rein. Grüß ihn von mir. Ich hätte gern noch mehr geschrieben, aber ich schaffe es nicht.
Dein Freund Spike

„Nichts als ein Brief", sagte Peter. „Wahrscheinlich von jemand, den Gulliver kennenlernte, als er wegen der Wahrsagerei im Kittchen saß. Der hat nichts zu bedeuten."
„Kann sein — kann auch nicht sein", widersprach Justus. „Wenn er nichts zu bedeuten hatte, warum hat ihn Gulliver dann versteckt?" fragte Bob.
„Das ist der springende Punkt", meinte Justus. „Warum hat er ihn versteckt? Es sieht so aus, als sei er ihm doch irgendwie wichtig gewesen."
Peter kratzte sich am Kopf. „Na, über Geld steht jedenfalls da drin kein Wort."
„Dieser Spike Neely war im Gefängnis, als er den Brief schrieb", sagte Bob. „Und ich glaube, Briefe von Häftlingen werden von der Verwaltung immer zensiert, ehe sie zur Post gegeben werden. Spike konnte also über so etwas wie Geld nichts schreiben, ohne daß es der Zensur aufgefallen wäre."
„Höchstens in versteckter Form", gab Justus zu bedenken.

„Meinst du so was wie eine Geheimbotschaft mit unsichtbarer Tinte?“ fragte Peter.
„Möglich wäre es. Ich schlage vor, wir gehen mit dem Brief in die Zentrale und untersuchen ihn dort.“
Justus ging zu dem Eisengitter hinüber, das scheinbar an ihrer aus Schrott wiedererstandenen Abzugspresse lehnte. Doch das Gitter ließ sich zur Seite schieben und gab damit den Einlaß zu Tunnel II frei. Das war der Haupteingang zum Zentralbüro der drei Detektive: ein großes Stück Wellblechröhre von etwa sechzig Zentimeter Durchmesser, die vermutlich von einem Abzugskanal stammte. Die Röhre war — teilweise unterirdisch — unter Stapeln von wertlosem Zeug hindurchgeführt, und sie endete unmittelbar unter der Zentrale, einem mitten im aufgehäuften Schrott verborgenen Campinganhänger.
Justus kroch als erster hinein, dann folgte Bob und schließlich Peter. Auf Händen und Knien bewegten sie sich durch Tunnel II, der mit alten Lumpen ausgepolstert war, damit sie sich an dem gerippten Blech nicht die Knie aufschürften. Am anderen Ende stießen sie die Falltür auf und kletterten in ihr enges Büro hinauf.
In dem alten Anhänger hatten sich die drei Jungen ein winziges Laboratorium mit Mikroskop und anderen nötigen Geräten eingerichtet. Da sich im Labor immer nur einer aufhalten konnte, nahm Justus den Brief mit hinein, während Peter und Bob ihm durch die schmale Türöffnung zusahen. Zuerst legte Justus den Brief unters Mikroskop und untersuchte ihn Zoll für Zoll.
„Nichts“, sagte er. „Jetzt mache ich die Probe auf Geheimtinte, die gebräuchlichste Art.“
Er griff nach einer Säureflasche und goß etwas vom Inhalt in einen Glasbecher. Dann hielt er den Brief über dem Becher in die Säuredämpfe und bewegte ihn hin und her. Nichts geschah.

„Das habe ich erwartet“, sagte er. „Der Verstand müßte einem auch sagen, daß einer, der im Gefängnis-Krankenhaus ist, sich unmöglich Geheimtinte verschaffen kann. Allenfalls könnte er eine Zitrone auftreiben, und Zitronensaft ist ja eine ganz simple Art unsichtbarer Tinte. Wenn man damit schreibt, ist die Schrift nicht zu sehen, aber wenn dann das Papier erhitzt wird, tritt das mit dem Zitronensaft Geschriebene deutlich hervor. Versuchen wir's mal.“

Er entzündete einen Bunsenbrenner, hielt den Brief an einer Ecke fest und bewegte ihn über der Flamme hin und her. „Wieder Fehlanzeige“, sagte er nach einer Weile. „Gebt mir mal den Umschlag zum Untersuchen.“

Aber auch beim Umschlag versagten alle Tests. Justus war sichtlich enttäuscht. „Anscheinend ist es doch nur ein ganz gewöhnlicher Brief“, stellte er fest. „Und dennoch versteckte ihn Gulliver, als er ihn bekommen hatte. Warum tat er das?“ „Vielleicht glaubte er, im Brief sei ein versteckter Fingerzeig, den er nur nicht gleich finden konnte“, meinte Bob. „Paßt mal auf: Angenommen, dieser Spike Neely vertraute ihm in der Zelle etwas über beiseitegeschafftes Geld an, nur nichts über das Versteck selbst. Vielleicht kündigte er an, wenn ihm irgendwann etwas zustoßen sollte, dann würde er Gulliver als einen Freund in das Geheimnis einweihen. Und später bekommt dann Gulliver den Brief aus dem Krankenrevier. Spike liegt im Sterben. Gulliver kann sich denken, daß Spike ihm noch verraten möchte, wo das Geld ist, aber er kann den Schlüssel dazu nicht finden, und so versteckt er den Brief erst mal und nimmt sich vor, sich später gründlich damit zu befassen.“

Auch Peter leuchtete die Idee ein. „Und irgendwie“, fuhr er fort, „erfahren ein paar andere Verbrecher, die Spike aus dem Gefängnis kennen, daß er an Gulliver geschrieben hat. Sie vermuten, daß er Gulliver das Geheimnis verraten hat, und sie machen sich an Gulliver 'ran. Gulliver wird es angst und bange. Er geht nicht zur Polizei, weil er ja gar nichts vorbringen kann. Aber er fürchtet, daß die Ganoven glauben könnten, er wisse um das Versteck des Geldes, und daß sie ihn vielleicht mit Foltermethoden aushorchen wollen. Also verschwindet er einfach. Na, wie hört sich das an?"

„Sehr gut überlegt, Bob und Peter", sagte Justus. „Ich könnte mir vorstellen, daß es sich so abgespielt hat. Aber wir haben den Brief gründlich untersucht und konnten keinen Anhaltspunkt für eine Geheimschrift finden. Also läßt sich daraus schließen, daß Spike Neely überhaupt keine geheime Botschaft mitschickte. Er versuchte es gar nicht, weil er wußte, daß der Brief sofort von der Zensur gelesen werden würde."

„Na, egal — irgend jemand glaubt jedenfalls, daß von dem Koffer aus eine Spur zu dem Geheimnis führt", stellte Peter fest. „Und diesem Jemand geht es um den Koffer, weil er diese Spur sucht. Wenn wir uns nicht mit ein paar gefährlichen Burschen anlegen wollen, die wahrscheinlich wegen des Koffers nicht locker lassen werden, dann schaffen wir uns das Ding am besten gleich vom Hals."

„Da hat Peter nicht ganz unrecht", sagte Bob. „Wir können das Rätsel nicht lösen, weil wir den roten Faden nicht gefunden haben. Wenn wir keinen Ärger wollen, dann müssen wir den Koffer irgendwie loswerden. Wir haben ja schließlich auch nichts davon."

„Maximilian der Magier möchte ihn uns abkaufen", wandte Peter ein. „Ich stimme dafür, daß wir Sokrates wieder in den Koffer legen und den ganzen Krempel Mr. Maximilian überlassen. Damit wir ihn endlich los sind. Es ist zu riskant, das Zeug zu behalten. Was meinst du, Just?"

„Hm . . .“ Justus knetete sein Unterlippe. „Juana war wohl der Meinung, wir könnten irgendwie helfen, aber danach sieht es ja nun nicht aus. Du hast recht: Wir haben keinen Anhaltspunkt entdeckt. Und es hat mir auch gar nicht behagt, daß uns heute früh zwei Männer gefolgt sind, als wir von Juanas Haus wegfuhren. — Schön, rufen wir Mr. Maximilian an, wenn er den Koffer so unbedingt haben will. Wir packen alles wieder ein, samt Sokrates. Aber damit er Bescheid weiß, müssen wir ihm vorsorglich sagen, daß noch andere hinter dem Koffer her sind. Und hundert Dollar werd' ich von ihm auch nicht verlangen — nur den einen Dollar, den ich dafür bezahlt habe.“

„Hundert Dollar wären aber eine tolle Sache“, meinte Peter.

„Es wäre aber nicht fair, falls der Besitz des Koffers tatsächlich mit Gefahr verbunden ist“, widersprach Justus. „Ich rufe Maximilian gleich an. Vorher möchte ich nur noch den Brief fotografieren für den Fall, daß mir später noch etwas dazu einfällt.“

Ja, so ein Brief könnte einen kritischen Junior-Detektiv noch lange beschäftigen. Wie steht's bei euch? Geheimtinte — Fehlanzeige. Umschlag — bis jetzt ohne Befund. Bleiben die Worte selbst. (Das ist nun wirklich ein Geheimtip für euch — von mir!)

Justus machte von Brief und Umschlag mehrere Aufnahmen. Dann rief er Maximilian den Magier an, und der sagte, er werde sofort herkommen und den Koffer abholen. Also schoben sie den

Brief hinter den Schlitz im Futter und packten alles sorgfältig wieder ein. Zum Schluß ging Justus in sein Zimmer, um Sokrates zu holen. Er kam gerade dazu, wie Tante Mathilda vor seinem Schreibpult voll Entsetzen auf den Totenschädel starrte.
„Justus Jonas!" brachte sie mühsam heraus. „Das — das Ding hier —" Sprachlos zeigte sie auf den Schädel.
„Ja, Tante Mathilda?" fragte Justus.
„Das gräßliche Ding!" entrüstete sich die stattliche Dame. „Weißt du, was es gerade getan hat? Es machte ‚Buh!' . . ."
„Sokrates sagte ‚Buh' — zu dir?" forschte Justus.
„Ja, wenn ich dir's sage! Ich kam gerade zum Saubermachen 'rein, und da sagte ich zu ihm: ‚Du häßliches Biest, wo dich Justus her hat, weiß ich nicht, aber eines kann ich dir sagen — in meinem Haus ist kein Platz für dich, und damit basta. Ich dulde das nicht!' Und da — da —", und ihre Stimme versagte wieder, „da sagte es ‚Buh!', einfach so! ‚Buh!' Ich hab's so deutlich gehört, wie ich dich höre."
„Es sollte auch ein sprechender Schädel sein", sagte Justus mit mühsam verhaltenem Grinsen. „Er hat mal einem Zauberer gehört. Wenn er ‚Buh' zu dir sagte, sollte das wahrscheinlich ein Spaß sein."
„Ein Spaß? Das nennst du einen Spaß? Wenn ein widerlicher alter Totenkopf dich angrinst und ‚Buh' macht? Es ist mir ganz egal, ob das ein Zauberschädel oder ein Zauberpferd ist — ich will ihn hier auf der Stelle weg haben. Und damit basta!"
„Ist ja gut, Tante Mathilda", beschwichtigte sie Justus. „Ich werd' ihn wegschaffen. Das hatte ich sowieso vor."
„Dein Glück."
Nachdenklich ging Justus mit Sokrates und dem Elfenbeinsockel zum Schrottplatz zurück. Dort berichtete er Peter und Bob, was seine Tante erlebt hatte. „Es ist höchst sonderbar", schloß er.

„Ich muß zugeben, daß es mich aufs äußerste verwirrt hat. Warum sollte Sokrates zu Tante Mathilda ‚Buh' sagen?"
„Vielleicht hat er Sinn für Humor", meinte Peter. „Komm, pakken wir ihn ein."
„Nach dieser neuen Entwicklung", sagte Justus, „sollten wir vielleicht Sokrates und den Koffer noch ein Weilchen behalten. Womöglich will er noch mehr von sich geben."
„Mann, hör bloß auf!" sagte Peter. Er packte Sokrates, wickelte ihn ein und stopfte ihn in den alten Koffer. „Deine Tante sagt, du sollst ihn wegschaffen, und darüber waren wir uns auch vorher schon einig. Und wir haben mit Maximilian vereinbart, daß er ihn bekommt, und da können wir nicht einfach umschwenken. Ich habe keine Lust, mir irgendwelches Geschwätz von einem Totenkopf anzuhören. Es gibt Geheimnisse, die ich nicht ergründen mag." Er klappte den Deckel zu und ließ das Schloß einrasten.
Justus überlegte gerade, was er noch einwenden könnte, da hörten sie Patrick rufen.
„Just! He — Just! Da ist Besuch für dich!"
„Das ist bestimmt Mr. Maximilian", sagte Bob noch. Schon liefen die drei nach vorn zum Hofeingang.
Es war wirklich der große magere Zauberer, der ruhig dastand und wartete und sich weder um die umherspazierenden Kunden noch um die aufgehäuften Schätze an Altmaterial kümmerte.
„Na also, mein Junge", rief er, als er Justus sah. „Gullivers Koffer ist wieder da, nicht?"
„Jawohl, Sir", antwortete Justus. „Und Sie können ihn haben, wenn Sie ihn wirklich wollen."
„Natürlich will ich ihn haben! Sagte ich das nicht? Hier ist das Geld — hundert Dollar."
„Ich verlange von Ihnen keine hundert Dollar", sagte Justus.

„Ich habe einen Dollar dafür bezahlt, und Sie können ihn für einen Dollar haben."
„Nanu?" fuhr der Mann auf. „Warum plötzlich so großzügig, wenn ich fragen darf? Habt ihr etwas Wertvolles 'rausgenommen?"
„Nein, Sir, der Koffer ist ganz so, wie er war, als wir ihn bekamen. Aber es steckt ein Geheimnis dahinter, und irgendwem liegt der Koffer anscheinend sehr am Herzen. Er könnte ein gefährlicher Besitz sein. Ich bin nicht sicher, ob wir ihn nicht doch der Polizei übergeben sollten."
„Unsinn, Junge! Ich sehe keine Gefahr und keinen Grund zur Sorge. Ich werde mich schon in acht nehmen. Ich war der erste Interessent für den Koffer, und jetzt verlange ich, daß du ihn an mich verkaufst. Hier ist dein Dollar."
Er streckte einen langen Arm aus, schnippte mit den Fingern und holte, wie es schien, Justus einen Silberdollar aus dem Ohr. „Nun gehört der Koffer mir", sagte er. „Hab die Güte und bring ihn her."
„Bob, holst du mit Peter den Koffer?" bat Justus.
„Mit dem größten Vergnügen!" sagte Peter. Kaum eine Minute später waren er und Bob mit dem Koffer zurück. Der Magier wies die Jungen an, ihn auf den Rücksitz seines blauen Wagens zu legen, den er am Tor abgestellt hatte. Sie waren alle so eifrig beschäftigt, daß sie nicht die zwei Männer bemerkten, die sie heimlich beobachteten.
Maximilian setzte sich hinters Lenkrad.
„Wenn ich meine nächste Vorstellung gebe", sagte er, „schicke ich euch Eintrittskarten. Bis dann also — lebt wohl."
Der Wagen fuhr an und war bald außer Sicht. Peter stieß einen Seufzer der Erleichterung aus. „Sokrates wären wir los", stellte er fest. „Ich möchte wetten, Mr. Maximilian geht es darum,

'rauszukriegen, wie das Sprechen funktioniert, damit er Sokrates in sein Zauberprogramm aufnehmen kann. Von mir aus gern. Uns ist der Koffer mitsamt dem Totenkopf endlich aus den Augen. Bin ich froh!"

Er wäre weit weniger begeistert gewesen, wenn er gewußt hätte, wie gründlich er sich da täuschte.

„Der Vogel ist ausgeflogen"

An diesem Tag trug sich nichts Besonderes mehr zu. Bob ging seinem Vater zuliebe früh nach Hause. Mr. Andrews war Journalist bei einer großen Zeitung in Los Angeles und abends oft unterwegs, aber an diesem Abend war er daheim.

„Na, Bob", meinte Mr. Andrews beim Abendessen. „In Hollywood war ja dein Bild in der Zeitung, mit einer Geschichte über deinen Freund Justus, der einen alten Koffer ersteigert hat. Habt ihr denn was Interessantes darin entdeckt?"

„Wir haben einen Totenkopf gefunden, der angeblich sprechen kann", antwortete Bob. „Er heißt Sokrates."

„Ein sprechender Totenkopf namens Sokrates!" rief Bobs Mutter. „Du liebe Güte, was für eine Vorstellung! Ich hoffe, er hat nicht mir dir gesprochen."

„Nein, Mama, mit mir nicht", sagte Bob. Er hätte ja berichten können, daß Sokrates immerhin das Wort an Justus gerichtet hatte, doch er überlegte es sich anders — zumal sein Vater gleich mit einem Lächeln erklärte: „Natürlich nur ein Trick von diesem Zauberer, dem der Schädel einmal gehört hat — wie hieß er doch gleich? Alexander?"

„Gulliver", berichtigte Bob. „Der Große Gulliver."

„Der Mann muß ein geschickter Bauchredner gewesen sein", meinte Mr. Andrews. „Was hat denn Justus damit vor? Ihn behalten? Doch hoffentlich nicht."

„Nein, er hat ihn verkauft", sagte Bob. „Wieder an einen Zauberer, der behauptet, er hätte Mr. Gulliver gekannt. Er nennt sich Maximilian der Magier."

„Maximilian der Magier?" Mr. Andrews runzelte die Stirn. „Kurz bevor ich die Redaktion verließ, kam noch eine Kurzmeldung herein. Er ist heute nachmittag bei einem Verkehrsunfall verletzt worden."

Maximilian verletzt — bei einem Unfall? Bob fragte sich, ob ihm der sprechende Totenkopf Unglück gebracht hatte.

Sein Vater unterbrach ihn in seinen Überlegungen. „Sag mal, hättest du Spaß daran, am Sonntag mit zum Segeln zu kommen? Ein Freund von mir hat uns alle für den ganzen Tag auf sein Boot eingeladen, draußen vor der Catalina-Insel."

„Das wäre prima!" begeisterte sich Bob. An Maximilians Unfall dachte er nicht mehr. Am nächsten Morgen, als er sich mit Peter und Justus auf dem Schrottplatz traf, hatte er die Sache ganz vergessen.

Die drei Jungen machten sich daran, eine gebrauchte Waschmaschine auseinanderzunehmen, die Titus Jonas gekauft hatte. Mit Hilfe einiger Teile aus einer anderen Maschine gelang es ihnen, sie wieder einwandfrei instandzusetzen. Sie waren gerade mit der Reparatur fertig, als ein Polizeiauto in den Hof fuhr. Überrascht blickten sie auf und sahen die untersetzte Gestalt von Hauptkommissar Reynolds aussteigen und näherkommen.

„Hallo, ihr Burschen", sagte er. Er sah sehr ernst aus. „Ich muß euch ein paar Fragen stellen."

„Fragen, Sir?" erkundigte sich Justus mit zusammengekniffenen Augen.

„Ja. Über einen Koffer, den ihr gestern verkauft habt — an einen Mann, der sich Maximilian der Magier nennt. Auf der Rückfahrt hatte er einen Unfall. Sein Wagen hat Totalschaden, und er selbst ist schwer verletzt. Jetzt liegt er im Krankenhaus. Zuerst glaubten wir, es sei ein gewöhnlicher Unfall gewesen — er war bewußtlos und konnte nicht sprechen. Aber heute früh wachte er auf und erzählte uns, daß ihn ein anderer Wagen mit zwei Männern darin von der Straße abgedrängt hatte. Er hat uns auch von dem Koffer berichtet. Allem Anschein nach haben die beiden Männer den Koffer entwendet, denn als wir das Autowrack zu einer Werkstatt geschleppt hatten, fanden wir keine Spur davon."

„Dann haben die beiden Männer vermutlich den Unfall mit Absicht herbeigeführt, um den Koffer aus Mr. Maximilians Wagen zu bekommen!" rief Justus.

„Genau das läßt sich daraus schließen", bestätigte Hauptkommissar Reynolds. „Maximilian konnte nicht viel reden — der Arzt erlaubte es nicht. Er erzählte, er habe den Koffer bei dir gekauft, Justus, und da sagte der Doktor schon, jetzt sei es genug. Also bin ich hierhergekommen — es interessiert mich, auf was in dem Koffer die Diebe es abgesehen haben."

„Na ja", berichtete Justus, während Peter und Bob aufmerksam zuhörten, „es waren vor allem Kleider darin. Und ein paar Requisiten zum Zaubern. Die Hauptsache war ein alter Totenschädel, von dem es hieß, er könnte sprechen."

„Ein Totenschädel und sprechen?" Der Kommissar wurde wütend. „Das ist doch Unsinn! Ein Schädel kann nicht sprechen!"

„Nein, Sir", gab Justus zu. „Aber der hier gehörte früher einmal einem anderen Zauberer, dem Großen Gulliver, und —". Und dann erzählte er dem Polizeichef die ganze Geschichte: Wie sie den Koffer auf der Auktion gekauft hatten, was sie über Gulliver wußten, daß er eine Zeitlang im Gefängnis gesessen habe und nach seiner Entlassung dann eines Tages spurlos verschwunden sei.

Hauptkommissar Reynolds hörte sich das alles mit gerunzelter Stirn an und nagte dabei an seiner Unterlippe. „Das ist ja eine ganz verworrene Geschichte", sagte er, als Justus fertig war „Du hast dir bestimmt nur eingebildet, daß du den Schädel an diesem

Abend in deinem Zimmer reden hörtest. Vielleicht hast du auch geträumt."

„Das habe ich auch schon gedacht, Sir. Aber als ich dann zu dem Haus ging, von dem er gesprochen hatte, fand ich dort die Zigeunerin Juana, der Gulliver anscheinend bekannt war. Sie sagte, es gebe diesen Mann nicht mehr."

Hauptkommissar Reynolds seufzte und wischte sich den Schweiß von der Stirn. „Und dann redete sie große Töne von verstecktem Geld, das sie angeblich in ihrem Kristall erspäht hatte, wie?" murmelte er. „Na, sonderbar ist es auf jeden Fall. Nun zu dem Brief, den ihr in dem Koffer gefunden und später wieder 'reingetan habt. Du sagtest, du hättest ihn fotografiert. Diese Fotos hätte ich gern."

„Ja, Sir", sagte Justus. „Ich hole sie."

Er lief in seine Werkstatt zurück, schlüpfte in Tunnel II und war gleich darauf in der Zentrale angekommen. Früh morgens hatte er den Film, den er am Vortag verknipst hatte, entwickelt und die Abzüge zum Trocknen aufgehängt. Er hatte nur je einen Abzug gemacht, aber wenn es nötig war, konte er ja noch weitere anfertigen.

Er steckte die getrockneten Bilder in einen Umschlag; dann ging er wieder zu den anderen und gab Reynolds die Fotos. Der Kommissar warf einen Blick darauf und schüttelte den Kopf. „Bilde dir nur nicht ein, daß sie irgendeinen Wert für mich haben", knurrte er. „Na gut, ansehen werde ich sie mir. Als nächstes will ich aber nun mit dieser Juana sprechen, der Zigeunerin. Ich schlage vor, du fährst jetzt mit mir zusammen hin, Justus, und wir hören uns an, was sie zu sagen hat. Ich habe so eine Ahnung, daß sie mehr weiß, als sie bis jetzt herausgelassen hat."

Bob und Peter hofften, auch eingeladen zu werden, doch davon war nicht die Rede. Justus sagte noch, sie sollten weitermachen, solange er weg sein würde; dann stieg er zu dem Polizeichef in den Dienstwagen, und der Polizist am Steuer fuhr in Richtung Los Angeles davon.

„Wir machen einen ganz normalen Besuch", sagte Hauptkommissar Reynolds während der raschen Fahrt zu Justus. „Ich glaube zwar, sie wird dicht halten und uns nichts verraten, Zigeuner sind sehr verschwiegen. Aber wir wollen es wenigstens versuchen. Ich könnte die Polizei in Los Angeles um Amtshilfe bitten, aber bis jetzt liegt ja nichts vor. Juana hat dir nicht wahrgesagt, also hat sie sich nicht gegen das Gesetz vergangen. Aber wenn ich wieder auf meinem Amt bin, will ich doch eines tun: Ich werde mir das Register dieses Spike Neely, der Gulliver den Brief geschickt hat, mal gründlich vornehmen. Es interessiert mich, was eigentlich dahinter steckt. Es muß schon einen guten Grund haben, wenn ein paar Ganoven einen Wagen von der Straße abdrängen und dann bloß einen Koffer mitgehen lassen. Sicher haben sie euren Betrieb ständig beobachtet und gesehen, wie ihr den Koffer in Maximilians Auto gepackt habt. Und dann sind sie ihm nachgefahren."

Justus sagte nichts dazu. Er hatte im Augenblick keine weiteren Ideen und mußte sich eingestehen, daß er in der ganzen Sache überhaupt nicht durchblickte.

Das Polizeiauto fuhr schnell, und bald waren sie vor dem schäbigen Haus angelangt, in dem Justus Juana besucht hatte. Hauptkommissar Reynolds ging, von Justus gefolgt, zu der kleinen Veranda vor der Haustür hinauf und klingelte energisch. Dann warteten sie. Nichts rührte sich. Der Kommissar blickte schon ziemlich finster drein. Da rief eine alte Frau, die am Nebenhaus die Vortreppe fegte, etwas herüber.

„Wenn Sie die Zigeuner suchen", sagte sie, „die sind weg."

„Weg?" rief der Polizeichef. „Und wohin?"

„Weiß man das bei Zigeunern?“ Die alte Frau lachte meckernd. „Die sind heut früh mit Sack und Pack in ein paar alten Autos weggefahren. Haben niemand was gesagt. Einfach verduftet.“

„Zum Donnerwetter!“ schimpfte Hauptkommissar Reynolds. „Unsere einzige Spur ist futsch. Der Vogel ist ausgeflogen!“

Warnung vom Polizeichef

„Die Sitzung ist eröffnet“, sagte Justus.
Bob Andrews und Peter Shaw setzten sich auf ihren Stühlen zurecht. Justus klopfte mit einem Bleistift auf die hölzerne Schreibtischplatte. Sie waren in ihrem kleinen Büro in der Zentrale.
„Die drei Detektive werden jetzt künftige Unternehmungen besprechen“, kündigte Justus an. „Jeder Sitzungsteilnehmer kann hierzu Vorschläge machen.“ Als weder Bob noch Peter etwas sagte, setzte er hinzu: „Heute steht noch nichts auf dem Programm. Wie wollen wir den Tag verbringen?“
Zwei Tage waren seit dem Besuch des Polizeichefs vergangen. Sie waren ruhig verlaufen, und die drei Jungen hatten viele Stunden mit Reparieren und Herrichten von ausgedientem Gerät auf dem Schrottplatz zugebracht. Niemand war mit einem ungelösten Rätsel an sie herangetreten, und Bob und Peter war das im Grunde recht willkommen. Sie waren froh, zur Abwechslung einmal ihre Ruhe zu haben. Und besonders froh waren sie, weil sie das sonderbare Problem mit dem sprechenden Schädel und dem geheimnisvollen Koffer wieder los waren.
„Ich beantrage, daß wir heute tauchen“, sagte Peter. „Es ist phantastisches Wetter, und wir haben es in letzter Zeit gar nicht mehr getan. Wir rosten ja ein.“
„Ich unterstütze den Antrag“, ließ sich Bob vernehmen. „Es ist heiß heute. Im Wasser ist es bestimmt herrlich.“
Und da klingelte das Telefon.
Alle drei fuhren zusammen und starrten den Apparat an. Der Anschluß, den sie mit ihren Einnahmen aus dem Schrottgeschäft finanzierten, war auf Justs Namen eingetragen. Nur wenige Leute wußten, daß es gleichzeitig das Geschäftstelefon „der

drei ???" war. Es klingelte selten, aber wenn es klingelte, handelte es sich gewöhnlich um etwas Wichtiges. Beim zweiten Klingeln nahm Justus den Hörer ab.

„Hallo", sagte er. „Die drei Detektive, Justus Jonas am Apparat."

„Tag, Justus", meldete sich Hauptkommissar Reynolds. Über den Lautsprecher, den Justus installiert hatte, konnten sie alle seine Stimme hören. „Ich hab' bei dir zu Hause angerufen, und deine Tante hat mir diese Nummer hier genannt." „Bitte sehr, Herr Hauptkommissar?" sagte Justus zuvorkommend. „Ich sagte dir doch, daß ich ein paar Ermittlungen anstellen wollte", erklärte der Polizeichef. „Du weißt ja, wegen dieses Briefes, den du fotografiert hast, und wegen Spike Neely und Gulliver. Na, und es hat sich auch einiges ergeben. Ich sehe noch nicht klar, was es alles zu bedeuten hat, aber ich würde mich ganz gern nochmal mit dir darüber unterhalten. Kannst du zu mir ins Büro kommen?"

„Ja, natürlich!" sagte Justus ein bißchen aufgeregt. „Jetzt gleich, Herr Hauptkommissar?"

„Wann du willst", erwiderte Reynolds. „Ich habe heute vormittag nicht viel zu tun."

„Wir sind in zwanzig Minuten bei Ihnen", sagte Justus und legte auf. „So", meinte er zu seinen beiden Freunden, „damit wären wir also für heute vormittag beschäftigt. Der Kommissar hat neue Informationen."

„Bloß das nicht!" stöhnte Peter. „Wir haben ihm doch alles erzählt, was wir wissen. Du jedenfalls. Wenn ihr mich fragt: Die ganze Geschichte mit dem Koffer und dem Schädel ist für mich erledigt. Schluß. Aus. Fertig. Vorbei."

„Na schön, wenn du nicht mitkommen magst, werde ich es mit Bob wohl auch allein schaffen", meinte Justus.

Bob grinste. Peters Gesicht spiegelte den Widerstreit der Gefühle. Abseits wollte er nun auch nicht stehen, all seinem Protest zum Trotz. „Oh, ich komme schon mit", sagte er schließlich. „Die drei Detektive halten zusammen. Vielleicht geht es schnell, und dann können wir immer noch tauchen gehen."

„Damit ist die Sitzung vertagt", verkündigte Justus. „Gehen wir."

Sie hinterließen für Titus Jonas die Nachricht, daß sie eine Zeitlang weg sein würden, und fuhren mit den Rädern nach Rocky Beach. Der Schrottplatz lag in einem Außenbezirk der kleinen Stadt, aber man erreichte doch schnell das Zentrum, wo die Polizeidirektion war.

Sie stellten die Räder ab und gingen ins Haus. Drinnen begrüßte sie der diensttuende Beamte hinter dem großen Schreibtisch. „Geht nur gleich hinein. Der Chef wartet schon auf euch."

Sie gingen den kurzen Flur entlang bis zur Tür mit dem Schild „Hauptkommissariat", klopften an und traten ein. Der Polizeichef saß hinter seinem Schreibtisch und paffte gedankenvoll an seiner Zigarre. Mit einer Handbewegung lud er sie zum Sitzen ein.

„Setzt euch, Jungen", sagte er. Sie nahmen Platz und warteten gespannt. Reynolds zog noch einmal an der Zigarre; dann fing er an zu sprechen.

„Also, Freunde", sagte er, „ich bekam auf meine Fragen über diesen Burschen namens Spike Neely recht interessante Auskünfte. Ihr wißt, er war eine Zeitlang mit Gulliver zusammen in einer Zelle. Anscheinend war Spike Neely ein Bankräuber."

„Ein Bankräuber!" entfuhr es Justus.

„Ja, genau." Der Kommissar nickte. „Er saß nämlich wegen eines Bankraubes, den er vor sechs Jahren in San Francisco begangen hatte. Damals erbeutete er ungefähr fünfzigtausend Dollar in großen Banknoten. Nach etwa einem Monat faßte man ihn schließlich in Chicago. Einem aufmerksamen Angestellten der Bank war bei dem Überfall aufgefallen, daß der Täter einen Sprachfehler hatte — er stieß mit der Zunge an, so daß sich das S bei ihm wie F anhörte. Und das überführte ihn auch, als er in Chicago von der Polizei vernommen wurde. Allerdings — und das ist der springende Punkt — konnte das Geld nicht sichergestellt werden. Er hatte es versteckt — zu gut versteckt. Man konnte ihn nicht einmal zu einem Geständnis wegen des Raubs bewegen. Zweifellos hatte er vor, das Geld in dem Versteck zu lassen, bis er aus der Haft entlassen würde, und es sich dann zu holen." Der Kommissar lehnte sich in seinem Sessel zurück.

„Nehmen wir uns nun einmal den ganzen Fall Schritt für Schritt vor", fuhr er fort. „Vor sechs Jahren wurde Spike also in Chicago festgenommen, etwa einen Monat nach dem Bankraub. Wahrscheinlich hatte er das Geld in Chicago versteckt, aber auch hier im Raum Los Angeles konnte er es untergebracht haben. Die Polizei fand nämlich heraus, daß er sich vor der Reise nach Chicago eine Woche lang bei seiner Schwester in Los Angeles verborgen hatte. Sie ist eine Mrs. Miller — Mrs. Mary Miller. Sie wurde damals vernommen, aber ihre Aussage brachte die Polizei überhaupt nicht weiter. Sie ist eine wirklich ehrenwerte Frau. Ehe die Polizei zu ihr kam, hatte sie nicht einmal gewußt, daß ihr Bruder ein Bankräuber war. In der Annahme, daß Spike das Geld vielleicht bei ihr versteckt hatte, ehe er nach Chicago ging, veranstaltete die Polizei eine gründliche Haussuchung. Gefunden hat man nichts. Aber da Spike am selben Tag, an dem er in San Francisco den Überfall begangen hatte, in Los Angeles aufgetaucht war, mußte er das Geld bei sich gehabt haben. Also blieb nur die Annahme, daß Spike das Geld erst in Chicago versteckt hatte."

„In dem Brief, den er vor einem Jahr an Gulliver schrieb, erwähnt er einen Vetter namens Danny Street in Chicago", warf Justus ein. „Vielleicht hat er das Geld bei dem gelassen?"
„Daran hat die Gefängnisverwaltung auch gedacht, Justus. Wie du annahmst, hat man den Brief an Gulliver gründlich gelesen, ehe er zur Post gegeben wurde. Es ging auch die telegraphische Anweisung nach Chicago, einen gewissen Danny Street zu verhören. Aber die Polizei in Chicago konnte keinen Mann namens Street finden, der mit Spike Neely irgendwie in Verbindung zu bringen war. Schließlich hielt man den Brief dann doch für belanglos und gab ihn zur Post. Vorher hatte man ihn mit allen denkbaren Methoden auf eine geheime Nachricht hin untersucht, aber nichts entdeckt."
„So ging's mir auch", gestand Justus. Er knetete wieder einmal seine Unterlippe, um seinen Denkapparat in Schwung zu bringen.

Den Vetter Danny Street — den gibt es also nicht?
Nun, dann muß ihn Spike wohl erfunden haben, und das sicher nicht ganz ohne Grund. Komischer Name, Street, nicht? So, und was hat die Unterlippenmassage Justus diesmal eingebracht?

„Ich habe auch nichts entdeckt", fügte er hinzu. „Aber trotzdem habe ich den Verdacht, daß ein paar andere Gangster von dem Brief Wind bekommen hatten und nun glaubten, darin sei doch irgendwie von dem Geldversteck die Rede. Also wurde Gulliver von da an beschattet. Das ängstigte ihn, und deshalb tauchte er unter.“

„Oder er wurde umgebracht“, sagte Hauptkommissar Reynolds ernst. „Ich glaube, soviel ist klar: Gulliver hat dieses Geld nie gefunden. Aber vielleicht hat jemand versucht, das Versteck aus ihm herauszubekommen, und wurde dann böse, als Gulliver es nicht nannte — weil er es nicht kannte. Andererseits ist es auch möglich, daß er einfach Angst bekam, den Koffer seinem Schicksal überließ und sich irgendwo versteckte.“

„Er muß aber geahnt haben, daß Spike Neely ihm etwas mitzuteilen versuchte.“ Justus dachte angestrengt nach. „Weshalb hätte er sonst den Brief versteckt? Nehmen wir mal an, daß er einfach untergetaucht ist. Und da erfuhren nun die anderen Ganoven, die sich noch hier ’rumtreiben, aus der Zeitung, daß ich Gullivers Koffer gekauft hatte. Sie vermuteten, vom Koffer könnte eine Spur zu dem geraubten Geld führen. Gleich in der ersten Nacht versuchten sie ihn zu stehlen, aber Onkel Titus machte ihnen einen Strich durch die Rechnung — er hatte den Koffer ja versteckt. Danach nahmen sie mich aufs Korn. Sie überlegten, wie sie an den Koffer ’rankommen könnten, und beobachteten den Schrottplatz ständig. Und da sahen sie, wie wir den Koffer an Maximilian den Magier verkauften. Also verfolgten sie jetzt Mr. Maximilian, drängten seinen Wagen von der Straße ab und nahmen den Koffer mit.“

„Die waren ja wie wild hinter dem Koffer her!“ rief Peter. „Ich bin froh, daß wir ihn rechtzeitig losgeworden sind.“

„Eigentlich hättet ihr den Koffer ja hierher bringen sollen“, bemerkte der Polizeichef dazu.

„Das hatten wir Mr. Maximilian auch vorgeschlagen, Sir“, erwiderte Justus. „Aber davon wollte er nichts wissen. Er wollte den Koffer haben. Und wir wußten ja nicht, daß andere ihm das

Ding mit Gewalt wieder abjagen würden. Außerdem hatten wir auch gar keine Spur darin gefunden."
„Na ja, es ist nun mal passiert", meinte Reynolds, „Aber unsere ganze Unterhaltung hat doch zu einem sehr wichtigen Gesichtspunkt geführt. Wir sind uns einig, nicht wahr, daß diese Verbrecher glauben, im Koffer müsse sich ein Hinweis auf das abhandengekommene Geld befinden."
Die Jungen nickten.
„Gut", fuhr der Polizeichef fort, „und jetzt haben die Kerle den Koffer. Sie haben ihn sorgfältig durchsucht. Und sie haben keinen Fingerzeig entdeckt. Was meint ihr also — was halten die nun davon?"
Justus begriff als erster und schluckte hart. Bob merkte, daß Peter die Anspielung des Kommissars entgangen war, und platzte heraus: „Die glauben, daß wir in dem Koffer etwas gefunden und herausgenommen haben, ehe wir ihn an Mr. Maximilian verkauften! Sie glauben, daß wir — daß wir immer noch den Schlüssel zu dem ganzen Geld bei uns haben!"
„Aber das stimmt doch nicht!" widersprach Peter. „Nichts haben wir! Nichts wissen wir!"
„Das ist mir bekannt", sagte Reynolds. „Und euch auch. Aber wenn diese Burschen meinen, ihr hättet die Lösung — na ja, dann tauchen sie womöglich nochmal bei euch auf und versuchen euch mit Gewalt zum Reden zu bringen."
Sie dachten darüber nach. Eine angenehme Vorstellung war das nicht.
„Sie meinen, wir sind vielleicht immer noch in Gefahr, Sir?" fragte Justus schließlich.
„Ich fürchte, ja." Dem Polizeichef war es wirklich ernst.
„Ich bitte euch also, gebt gut acht. Wenn sich ein Verdächtiger beim Schrottplatz herumdrückt, dann verständigt mich sofort.

Und sagt mir auch Bescheid, wenn jemand wegen des Koffers bei euch auftaucht. Wollt ihr das tun?"
„Ganz bestimmt!" versprach Bob.
„Die Sache hat nur einen Haken", sagte Justus mit gerunzelter Stirn. „Zum Schrottplatz kommen als Kunden sehr viele Fremde. Es ist also schwer zu sagen, ob darunter ein Verdächtiger ist. Aber wenn uns einer mal als wirklich verdächtig auffällt, werden wir Sie sofort benachrichtigen."
„Ich empfehle es euch dringend", meinte Hauptkommissar Reynolds.
In recht nachdenklicher Stimmung verließen die drei Detektive die Polizeidirektion und fuhren zum Schrottplatz zurück.

Justus stürzt sich auf den Fall

„Ich merke immer mehr, daß mir diese ganze Geschichte immer weniger gefällt!" Peter mußte seinem Herzen Luft machen. „Es paßt mir nicht, daß ein paar gemeine Kerle glauben, wir wären bestens informiert, und dabei stimmt das gar nicht. Man weiß nie, wozu die fähig sind. Solchen Burschen ist mit Vernunft nicht beizukommen."

„Und da dachten wir, wenn wir den Koffer los sind, dann sind wir auch unsere ganzen Sorgen los", pflichtete Bob bei. „Ist dir schon was eingefallen, Just?"

Die drei Detektive hatten sich zu geheimer Sitzung in ihrer Werkstatt auf dem Schrottplatz versammelt. Glücklich sahen sie alle drei nicht aus. Auch Justs rundes Gesicht durchzogen Kummerfalten. „Ich fürchte", sagte er, „daß diese Männer — wer sie auch sein mögen — nicht locker lassen, bis das Geld auftaucht. Die beste Lösung unseres Problems wäre, daß wir selber das Geld finden und es der Polizei übergeben — und in der Presse davon recht viel hermachen. Dann würden sie aufgeben."

„Großartig! Einfach großartig!" kommentierte Peter sarkastisch. „Wir müssen also bloß dieses Geld finden, das seit Jahren irgendwo versteckt ist. Geld, das weder die Polizei noch die Beauftragten der Finanzbehörde sicherstellen konnten. Gar nichts dabei. Kinderleicht. Erledigen wir am besten noch vor dem Essen, damit wir den Fall zu den Akten legen können."

„Peter hat recht", sagte Bob. „Ich meine: Welche Chance haben wir, so ganz ohne einen Anhaltspunkt das Geldversteck zu finden?"

„Leicht wird das bestimmt nicht sein", räumte Justus ein. „Aber ich meine, wir müssen es versuchen. Solange das Geld nicht ge-

funden ist, werden wir keine Ruhe mehr haben. Wir sind Detektive — und das ist nun eine echte Herausforderung für uns."
Peter stöhnte vernehmlich.
„Und wie würden wir's anfangen, Just?" fragte Bob.
„Zunächst müssen wir voraussetzen, daß das Geld hier irgendwo in der Nähe von Los Angeles versteckt ist", sagte Justus bedächtig. „Wenn es nämlich in Chicago beiseitegeschafft wurde, dann haben wir keine Chance, es zu finden."
Von Peters Gesicht war abzulesen, daß er so oder so nicht an eine Chance glaubte.
„Als nächstes", fuhr Justus fort, „müssen wir so viel wie möglich darüber herausfinden, was Spike Neely getrieben hat, als er bei seiner Schwester untergeschlüpft war. Das heißt, wir müssen die Schwester, diese Mrs. Miller, finden und sie über alles, was sie weiß, ausfragen."
„Aber der Kommissar sagte doch, sie sei damals schon von der Polizei vernommen worden", wehrte Bob ab. „Und wenn die nichts herausbekamen, wie sollen wir es dann schaffen?"
„Ich weiß noch nicht", erklärte Justus. „Wir müssen es einfach probieren. Es ist unsere einzige Spur. Ich weiß, es ist ziemlich aussichtslos, aber wenn man sonst nicht weiter kommt, muß man eben das Aussichtslose versuchen. Es ist immerhin möglich, daß uns noch ein paar Fragen einfallen, die die Polizei nicht gestellt hat."
„Hättest du doch bloß die Nachricht von der Auktion damals nicht in der Zeitung gelesen", brummte Peter in sich hinein. „Na gut, und was machen wir als Erstes?"
„Erst —" fing Justus an, aber die kraftvolle Stimme seiner Tante schnitt ihm das Wort ab.
„He, ihr drei!" schallte es über den Hof. „Mittagessen! Kommt, ehe es kalt wird!"

Peter sprang auf. „Zum ersten Mal höre ich heute etwas Erfreuliches!“ rief er begeistert. „Kommt, wir essen. Und dann können wir uns deine Idee überlegen, Just.“

Kurze Zeit später saßen die Jungen in Tante Mathildas Küche. Mrs. Jonas eilte geschäftig hin und her und servierte dicke Bohnen mit Knackwurst in reichlichen Portionen. Bald kam auch Titus Jonas dazu und setzte sich mit an den Tisch.

„Na, Justus, mein Junge“, sagte er, „was hast denn du wieder angestellt? Freundest dich da mit Zigeunern an, wie?“

„Zigeuner?“ Justus sah bestürzt auf, und Bob und Peter vergaßen, die Gabel zum Mund zu führen.

„Heute früh waren ein paar Zigeuner bei mir auf dem Platz“, berichtete Titus Jonas. „Als ihr drei in der Stadt wart. Oh, sie sagten nicht, daß sie Zigeuner seien, und sie waren auch nicht so angezogen, aber ich habe es doch gemerkt. Damals, als ich beim Zirkus war, habe ich ja viele von ihnen getroffen.“ In jungen Jahren war Mr. Jonas bei einem kleinen Wanderzirkus gewesen. Er hatte Karten verkauft und die dampfgetriebene Orgel gespielt, die damals zu jedem Zirkus gehörte.

„Haben sie mich gesucht?“ fragte Justus.

„Sie meinten wohl dich.“ Mr. Jonas lachte in sich hinein.

„Sie sagten, sie hätten dem Dicken etwas auszurichten — von einem Freund. Ich weiß, Justus, du bist nicht dick, nur gedrungen und muskulös — aber die Leute nennen dich nun mal Dicker.“

„Was hatten sie denn auszurichten?“ wollte Justus wissen. Daß sich sein Onkel heimlich amüsierte, übersah er.

„Es hörte sich eher an wie ein Rätsel“, antwortete Mr. Jonas. „Warte mal — ja, sie sagten: ‚In einem Teich voll hungriger Fische muß ein Frosch tüchtig springen, wenn er heraus will‘. Sagt dir das irgend etwas?“

Justus schluckte fast unmerklich. Bob und Peter schluckten hörbar.

„Kaum", erwiderte Justus. „Vielleicht ist es ein altes Sprichwort der Zigeuner. Weißt du sicher, daß es Zigeuner waren?"

„Ganz bestimmt", sagte sein Onkel. „Meine Erfahrung täuscht mich nicht. Und außerdem hörte ich sie miteinander reden, als sie abzogen — es war die alte Sprache der Zigeuner. Alles konnte ich nicht verstehen, aber etwas hörte ich, das wie ‚Gefahr' klang, und dann noch ‚auf der Hut sein'. Ich möchte doch annehmen, daß ihr da nicht in etwas Gefährliches verwickelt seid?"

„Zigeuner!" Mrs. Jonas schnaufte verächtlich, als sie sich an den Tisch setzte. „Diesen fürchterlichen alten Totenkopf bist du ja inzwischen los, Justus. Aber nun erzähl mir bloß nicht, daß du dich mit Zigeunern eingelassen hast."

„Nein, Tante Mathilda", gab Justus zurück. „Nicht daß ich wüßte."

„Nun, sie machten einen ganz freundlichen Eindruck", stellte Titus Jonas fest und nahm sich noch ein Paar Würstchen.

Schweigend aßen die drei Jungen ihre Teller leer. Dann gingen sie wieder zu ihrer Zentrale.

„Eine Botschaft von Zigeunern", sagte Peter in düsterer Vorahnung. „ ‚In einem Teich voll hungriger Fische muß ein Frosch tüchtig springen, wenn er heraus will'. Ob das wohl das zu bedeuten hat, was ich vermute?"

Justus nickte. „Ich fürchte, ja. Es ist eine versteckte Aufforderung an uns, daß wir uns jetzt wirklich Mühe geben sollen, den Fall aufzuklären. Allerdings wüßte ich gern, was die Zigeuner mit all dem zu tun haben. Erst habe ich mit Juana gesprochen. Dann waren Juana und alle ihre Leute verschwunden. Und jetzt tauchen zwei Zigeuner auf und hinterlassen mir eine Botschaft ‚von einem Freund'. Ich kann mir denken, daß dieser Freund

Juana heißt, aber es wäre mir lieber, wenn sie sich nicht so geheimnisvoll gäbe."

„Mir auch", sagte Peter mit einem Seufzer.

„Ja, und was machen wir nun?" fragte Bob.

„Wir reden mit Spike Neelys Schwester", erklärte Justus. „Wir wissen, daß sie in Los Angeles wohnt. Vielleicht steht sie im Telefonbuch."

Peter reichte das Telefonbuch herüber, und Justus sah nach. Es gab mehrere Damen namens Mary Miller. Just rief eine nach der anderen an. Mit tiefer, ganz erwachsen klingender Stimme sagte er, er wolle gern Mr. Spike Neely sprechen. Die ersten drei Frauen sagten, sie hätten nie von einem Spike Neely gehört; aber die vierte erklärte, Spike Neely sei tot und deshalb nicht mehr zu sprechen. Justus bedankte sich und legte auf.

„Die richtige Mrs. Miller hätten wir herausgefunden", meinte er. „Sie wohnt in Hollywood, in einer der älteren Gegenden. Ich schlage vor, wir gehen jetzt gleich zu ihr und sehen zu, daß wir mehr von ihr erfahren."

„Mir scheint das reichlich aussichtslos", murrte Peter. „Was kann sie uns noch erzählen, das sie damals nicht schon der Polizei gesagt hat?"

„Ich weiß nicht", sagte Justus, „aber ein Frosch in einem Teich voll hungriger Fische muß eben tüchtig springen, wenn er 'raus will."

„Da hast du auch wieder recht", meinte Bob. „Wie kommen wir dorthin? Für die Fahrräder ist es zu weit."

„Wir rufen die Autovermietung an und bestellen uns Morton und den Rolls Royce", entschied Justus.

Vor einiger Zeit hatte Justus bei einem Preisausschreiben mitgemacht, und als Gewinn durfte er für kurze Zeit einen prächtigen altertümlichen Rolls Royce mit Chauffeur fahren. Danach

konnten sich die Detektive dank der Freigebigkeit eines jungen Mannes, dem sie einmal geholfen hatten, hin und wieder Fahrten mit diesem Wagen verschaffen. Diesmal erfu. Justus allerdings bei seinem Anruf, daß der Wagen und der Chauffeur Morton wegen eines anderen Auftrags nicht in der Stadt waren.
„Tja, wenn wir den Rolls Royce nicht kriegen können", sagte Justus zu den beiden anderen, „dann bitten wir Onkel Titus, daß er uns Kenneth und den kleinen Lastwagen leiht. Heute ist nicht viel los, da wird er wohl nichts dagegen haben."
Aber es stellte sich heraus, daß Kenneth mit dem Wagen zuerst noch etwas für Mr. Jonas erledigen mußte. Da Kenneth also erst in ein paar Stunden frei sein würde, beschlossen die Jungen, die Zeit zum Anstreichen von Möbeln zu nutzen. Sie arbeiteten an einer Stelle des Hofs, von wo aus sie jeden sehen konnten, der den Schrottplatz betrat, und sie paßten scharf auf, ob nicht jemand verdächtig wirkte. Aber anscheinend war niemand an ihnen interessiert.
Endlich kam Kenneth mit dem Lastwagen zurück und lud ab. Alle drei quetschten sich neben ihm auf die Vordersitze — Bob auf Peters Schoß —, und dann fuhren sie nach Hollywood.
Mrs. Millers Haus präsentierte sich als aparter Bungalow mit einer Palme und zwei Bananenstauden im Vorgarten. Justus drückte auf die Klingel, und eine sympathische Dame mittleren Alters kam an die Tür.
„Ja?" sagte sie. „Falls ihr Abonnements verkaufen wollt, muß ich leider ablehnen. Ich brauche keine Zeitschriften mehr."
„Darum geht es nicht, Madam", erklärte Justus. „Darf ich Ihnen unsere Karte geben?" Und er reichte Mrs. Miller eine der gedruckten Geschäftskarten der „drei ???".
Mrs. Miller betrachtete sie verwirrt. „Ihr Buben seid Detektive?" erkundigte sie sich. „Das ist doch wohl nicht möglich."

„Sie können uns Junior-Detektive nennen", schlug Justus vor. „Hier, bitte, noch ein Ausweis von der Polizei."
Er zeigte Mrs. Miller die Karte, die er bei einer früheren Unternehmung von Hauptkommissar Reynolds bekommen hatte. Darauf stand:

> *Der Inhaber dieses Ausweises ist ehrenamtlicher Junior-Assistent und Mitarbeiter der Polizeidirektion von Rocky Beach. Die Behörde befürwortet jegliche Unterstützung von dritter Seite.*
>
> *gez. Samuel Reynolds*
> *Hauptkommissar*

„Du liebe Zeit, das macht aber Eindruck", meinte Mrs. Miller. „Und warum seid ihr hierhergekommen?"
„Wir hoffen, Sie können uns helfen", sagte Justus frei heraus. „Wir haben ein Problem und brauchen ein paar Informationen. Es geht um Ihren Bruder, Spike Neely. Es ist eine ziemlich lange Geschichte, aber ich will Ihnen gern alles erklären, wenn wir hereinkommen dürfen."
Mrs. Miller zögerte kurz, dann machte sie die Tür vollends auf. „Gut", sagte sie. „Ihr seht anständig aus. Ich hatte schon gehofft, daß mir niemand mehr mit Spike kommen würde, aber ich werde versuchen, euch zu helfen."
Bald darauf saßen die Jungen auf dem Sofa in Mrs. Millers Wohnzimmer. Justus berichtete, so gut er konnte, von der merkwürdigen Folge der Ereignisse, die mit dem Kauf des alten Koffers auf der Auktion ihren Anfang genommen hatte. Allerdings vermied er es, Sokrates zu erwähnen — einen sprechenden

Totenschädel würde ihm ein Außenstehender wohl nicht abnehmen.

„Sie sehen, Mrs. Miller“, schloß er, „irgend jemand glaubt anscheinend, daß in Gullivers Koffer der Schlüssel zu dem Versteck des Geldes zu suchen ist. Weil wir den Koffer eine Zeitlang bei uns hatten, meinen sie wohl, wir hätten diesen Fingerzeig gefunden und wüßten nun, wo das Geld ist. Und sie wollen uns vielleicht — na ja, dazu zwingen, es ihnen zu sagen, und das können wir eben nicht. Sie verstehen, daß das schon ein Problem für uns ist.“

„Himmel, ja“, sagte die Frau, „aber ich wüßte nicht, wie ich euch helfen sollte. Mir war von dem Geld nie etwas bekannt, und das habe ich der Polizei damals auch gesagt. Ich hätte mir ja nicht träumen lassen, daß mein Bruder ein Verbrecher war — bis er von der Polizei gesucht wurde.“

„Wenn Sie uns erzählen könnten, was Sie damals der Polizei gesagt haben“, schlug Justus vor, „dann könnten wir vielleicht auf einen Hinweis stoßen.“

„Schön, ich werde es versuchen. Es ist immerhin schon sechs Jahre her, aber ich kann mich noch deutlich erinnern. Frank — so hieß Spike richtig — und ich hatten uns nicht mehr oft gesehen, seit er mit achtzehn Jahren von zu Hause wegging. Alle Schaltjahre einmal besuchte er mich und meinen Mann auf ein paar Tage, aber was er sonst trieb, davon hat er nie gesprochen. Heute ist mir klar, daß er sich vermutlich ab und zu nach einem Einbruch hier versteckte, aber damals glaubte ich, er sei eben ein unsteter Geselle, den es nicht lange an einem Platz hielt. Wenn ich ihn fragte, was er arbeite, dann sagte er, er sei Vertreter. Aber immer, wenn er bei uns war, ist er meinem Mann zur Hand gegangen bei seinem Ein-Mann-Unternehmen für Hausreparaturen. Mein Mann war sehr vielseitig. Wenn ein

Haus getüncht werden mußte, so konnte er das. Wenn tapeziert werden sollte, machte er das auch. Oder er legte einen neuen Boden und baute ein Bad ein. Er konnte alles machen, was in einem Haus so anfällt, und er verdiente gut dabei."

Mrs. Miller wandte sich kurz ab, ehe sie weitersprechen konnte. „Also, wie gesagt, wenn Spike uns besuchte, dann half er meinem Mann immer bei der Arbeit, die er gerade übernommen hatte. Nur das letzte Mal zeigte er überhaupt keine Lust, aus dem Haus zu gehen. Er wirkte so nervös. Und sein Sprachfehler war schlimmer als je zuvor. Deswegen wurde er ja auch zum Schluß erwischt — er konnte das S einfach nicht richtig aussprechen. Wenn er zum Beispiel ‚Sonne' sagte, klang es wie ‚Fonne'. — Nun, heute weiß ich, daß er sich damals nach dem Bankeinbruch in San Francisco verstecken mußte. Und da blieb er eben beinahe eine Woche lang allein hier im Haus — ich ging damals auch arbeiten. Sicher, er machte sich nützlich. Er hat das ganze Untergeschoß neu gestrichen und tapeziert. Ihr wißt ja, wie es geht — ein vielbeschäftigter Handwerker wie mein Mann läßt sein eigenes Haus verkommen, weil er immer anderswo zu tun hat. Dann wurde mein Mann allerdings krank. Er hatte einen großen Renovierungsauftrag für eine Gaststätte übernommen, und nun war er zu krank, um weiterzumachen. Er bat Spike, seine Arbeit zu übernehmen, und Spike konnte ihm das nicht gut abschlagen. Aber ich weiß noch, wie er jedesmal, wenn er aus dem Haus ging, einen viel zu großen Overall und eine dunkle Brille trug. Spike brauchte einige Tage für die Arbeit, und mittlerweile wurde es mit meinem Mann immer schlimmer. Wir wollten ihn gerade ins Krankenhaus bringen, da starb er ganz unerwartet."

Mrs. Miller holte ihr Taschentuch und betupfte sich die Augen. „Ich dachte natürlich, Frank würde nun bei mir bleiben und mir helfen, aber das tat er nicht. Er ging sogar noch vor dem

Begräbnis weg. Er sagte, er müsse dringend fort, und er packte einfach seinen Koffer und war verschwunden. Es hat mich völlig überrascht. Später ist mir der Grund dann klar geworden."

„Wirklich?" fragte Justus. „Und was hatte er für einen Grund?"

„Die Todesanzeige für meinen Mann in der Zeitung. In Todesanzeigen werden ja immer die Hinterbliebenen genannt, und ich hatte in der Anzeige für meinen Mann mich selbst als Ehefrau und dann den Schwager Frank Neely mit gemeinsamer Anschrift genannt. Wahrscheinlich bekam Frank Angst, es könne jemand die Anzeige lesen und ihn danach aufspüren, und deshalb ist er in aller Eile verschwunden. Ich hörte dann erst wieder von ihm, als die Polizei kam und mich verhörte, nachdem er in Chicago festgenommen worden war. Aber sagen konnte ich ihnen nichts. Ich hatte schließlich nicht gewußt, daß Frank ein Bankräuber war."

„Als Ihr Bruder wegging, sagte er da etwas von einer Rückkehr oder einem Wiedersehen mit Ihnen?" forschte Justus.

„Daran erinnere ich mich nicht... O doch, richtig. Jetzt, wo du davon sprichst, fällt es mir wieder ein. Er sagte ungefähr: ‚Schwesterchen, du wirst doch das Haus hier nicht verkaufen, oder? Du bleibst doch hier wohnen, damit ich immer weiß, wo ich dich finden kann?' "

„Und was sagten Sie darauf, Mrs. Miller?"

„Ich sagte: nein, ich hätte nicht vor, das Haus zu verkaufen. Und ich würde immer da sein, wenn er einmal wieder in unsere Stadt käme."

„Dann kann ich mir denken, wo er das Geld versteckt hat!" verkündete Justus triumphierend. „Sie sagen, er war hier oft allein, wenn Sie und Ihr Mann bei der Arbeit waren. Dann gibt es logischerweise einen Ort, an dem das Geld versteckt ist — und zwar hier im Haus!"

Eine unliebsame Überraschung

Bob und Peter starrten Justus verwundert an.
„Aber der Kommissar sagte doch, die Polizei habe das Haus durchsucht und nichts gefunden“, erinnerte Bob.
„Ja, weil Spike Neely eben zu schlau war“, sagte Justus.
„Er versteckte das Geld so gut, daß es bei einer normalen Haussuchung nicht aufzufinden war. Fünfzigtausend Dollar in großen Scheinen ergeben kein sehr dickes Paket. Er könnte es zum Beispiel auf dem Speicher hinter die Dachsparren gestopft haben. Er hatte vor, zu Ihnen zurückzukommen, Mrs. Miller, wenn die Luft wieder rein sein würde, und sich dann das Geld zu holen. Nur kam er vorher ins Zuchthaus und ist dort gestorben.“
„Er fragte ja auch Mrs. Miller, ob sie bestimmt hier bleiben würde!“ sagte Bob aufgeregt. „Das beweist, daß er den Plan gefaßt hatte, wiederzukommen.“
„Und er hatte mehrere Tage Zeit dazu, sich ein Versteck auszudenken, auf das niemand kommen würde“, warf Peter ein. Ihm war die Aufregung nun auch anzusehen. „Wenn er die Polizei täuschen wollte, mußte es etwas ganz Raffiniertes sein. Aber ich möchte wetten, du kannst es finden, Just!“
„Würden Sie uns wohl erlauben, uns hier ein wenig umzusehen, Mrs. Miller?“ erkundigte sich Justus hoffnungsvoll. „Damit wir mal sehen können, wo es ungefähr sein könnte?“
Mrs. Miller schüttelte den Kopf. „Vielleicht war es so, wie du sagst“, meinte sie, „Aber in diesem Haus werdet ihr das Geld nie im Leben finden.“ Wieder schüttelte sie den Kopf. „Das hier ist nämlich gar nicht das Haus, in dem ich damals wohnte. Ich bin vor vier Jahren umgezogen. Ich hätte nie an einen Umzug gedacht, aber man hat mir ein so gutes Angebot gemacht, daß

ich nicht ablehnen konnte. Also verkaufte ich mein früheres Haus und zog hierher."
Justus hatte sich von der ersten Enttäuschung rasch erholt. „Dann könnte das Geld trotzdem noch in dem anderen Haus sein", stellte er fest.
„Ja, das wäre möglich", sagte Mrs. Miller. „Frank war ja wirklich sehr schlau. Auch wenn die Polizei noch so gründlich gesucht hat, könnte er sie hinters Licht geführt haben. Ich habe in der Danville Street gewohnt, Nummer 532. Dort müßtet ihr eigentlich jetzt suchen."

Wenn ihr euch nun Spike Neelys Brief nochmals vornehmt, könnt ihr vielleicht eine Entdeckung machen, die den drei ??? erst auf Seite 104 zuteil wird. (Doch damit habe ich euch hoffentlich nicht in Versuchung geführt, weiterzublättern!)

„Vielen Dank", sagte Justus und stand auf. „Sie haben uns sehr geholfen, Mrs. Miller. Wir müssen diesen neuen Informationen sofort nachgehen."
Sie verabschiedeten sich und gingen eilig. Gleich darauf zwängten sie sich wieder nacheinander ins Führerhaus des Lastwagens, wo Kenneth auf sie wartete.
„Wir möchten jetzt zur Danville Street Nummer 532, Kenneth", erklärte Justus. „Weißt du, wo das ist?"
Der große rothaarige Mann zog einen abgegriffenen Stadtplan von Los Angeles und den umliegenden Ortschaften hervor. Nach

einigem Studieren fanden sie Danville Street. Es war eine recht kurze Straße in einiger Entfernung. Kenneth schien unschlüssig. „Ich meine, wir sollten lieber heimfahren, Just", sagte er. „Mr. Titus sagte extra, ich sollte nicht zu lange wegbleiben."
„Wir fahren nur mal dort vorbei", schlug Justus vor. „Damit wir wissen, wo es ist. Ich bilde mir auch gar nicht ein, daß wir einfach mit der Tür ins Haus fallen und alles durchwühlen können. Erst müssen wir Hauptkommissar Reynolds das Ergebnis unserer Ermittlungen melden."
Peter und Bob wußten, daß Justus das Geld am liebsten selbst aufgespürt und es im Triumphzug zur Polizei gebracht hätte. Aber sie machten sich alle klar, daß das unmöglich war.
Kenneth war dann doch noch damit einverstanden, daß man auf dem Rückweg nach Rocky Beach an dem Haus in der Danville Street vorbeifahren könnte, und so starteten sie.
Jetzt waren alle drei wieder in viel besserer Stimmung — nur Peter hatte noch Bedenken. „Weißt du, Just", sagte er, „mit Sicherheit wissen wir ja nicht, daß Spike Neely das geklaute Geld im Haus seiner Schwester versteckt hat."
Justus schüttelte den Kopf. „Es ist der einzig sinnvolle Ort, Peter", behauptete er. „Wenn ich Spike Neely gewesen wäre, dann hätte ich selber das Geld dort versteckt."
Sie mußten ein paarmal abbiegen, dann kamen sie aus einer Seitenstraße auf die Danville Street.
„Das ist der Block mit den Neunhunderter-Nummern", erklärte Justus nach einem raschen Blick. „Nach links, Kenneth, der Fünfhunderter-Block muß dort drüben liegen."
Peter staunte. Er kam nicht so oft in die Großstadt und hatte dort auch noch nie ein unbekanntes Haus suchen müssen. Aber das war gar nicht schwierig: von Querstraße zu Querstraße unterschieden sich die einzelnen Blocks durch die Hunderter-

Nummern — hier auf der Seite mit den geraden Nummern die Häuser 946 bis 902, dann eine Querstraße, dann die Achthunderter-Serie... Klar, die Fünfhunderter-Nummern mußten also nach der vierten Querstraße kommen!

Kenneth bog links ein, und die Jungen achteten genau auf die Hausnummern, an denen sie vorüberfuhren. „Jetzt sind wir beim Achthunderter-Block", meldete Bob. „Noch drei Blocks, dann sind wir da."

Sie fuhren an einer Reihe hübscher kleiner Häuser mit wohlgepflegten Gärten entlang. Alle drei saßen jetzt vornübergebeugt und reckten die Hälse.

„Im nächsten Block müßte es also sein", sagte Bob voll Eifer. „Ungefähr in der Mitte zwischen der nächsten und der übernächsten Seitenstraße, denke ich. Natürlich auf der rechten Seite, da sind die geraden Hausnummern."

„Halte nach der nächsten Querstraße an, Kenneth", bestimmte Justus.

„Wird gemacht, Just", sagte der Fahrer. Er fuhr noch ein kurzes Stück und stoppte dann. „Ist's recht hier, Just?"

Justus antwortete nicht. Mit offenem Mund starrte er auf einen großen Wohnblock, der an der rechten Straßenseite fast den ganzen Platz zwischen den beiden Querstraßen einnahm. Kleine Einfamilienhäuser gab es hier überhaupt nicht.

„Nummer 532 gibt es nicht mehr!" sagte Bob tonlos. „Hier steht nur dieser Wohnblock, und der hat die Nummer 510."

„Sieht aus, als sei uns ein Haus verlorengegangen", scherzte Peter etwas mühsam.

„Versuch's mal beim nächsten Block, Kenneth", meinte Justus. „Vielleicht ist dort die Nummer 532."

Aber im nächsten Block hatten die Häuser Vierhunderter-Nummern. Danville Street 532 gab es nicht. Kenneth brachte den

Lastwagen zum Stehen und schaute die Jungen fragend an. „Was meint ihr — hat uns Mrs. Miller vielleicht nicht die Wahrheit gesagt?“ fragte Bob. „Hat sie vielleicht überhaupt nie hier in der Danville Street 532 gewohnt? Womöglich stellt sie jetzt dort, wo wir eben waren, das Haus auf den Kopf und sucht die fünfzigtausend Dollar. Womöglich wollte sie uns nur schnell los sein!“

„Nein“, erwiderte Justus. „Ich glaube, Mrs. Miller hat uns die Wahrheit gesagt. Mit der Nummer 532 ist irgendwas passiert. Ihr beiden wartet hier. Ich will mal eben nachsehen, ob ich es herausbekomme.“

Justus sprang vom Wagen und verschwand. Ein paar Minuten später kam er ziemlich außer Atem zurück.

„Also“, sagte er, „ich hab' tatsächlich was 'rausgekriegt. Ich habe mich mit dem Hausmeister des Wohnblocks unterhalten. Er ist dort, seit das Haus gebaut wurde. Er sagt, es sei vor fast vier Jahren entstanden, und damals seien sechs Häuser von diesem Straßenstück fortgeschafft worden, um Platz zu machen.“

„Fortgeschafft?“ rief Peter. „Und wohin?“

„Zur Manchester Street — das ist ungefähr drei Straßen weiter, eine Parallelstraße zu dieser hier. Die Häuser waren in gutem Zustand und nicht zu groß, also hat man sie nicht abgerissen, sondern zu freien Bauplätzen an der Manchester Street transportiert und dort auf neue Fundamente gestellt. Mrs. Millers Haus ist tatsächlich noch da — es steht eben nur auf einem anderen Platz.“

„Das ist ja toll!“ sagte Bob. „Ein Haus geht auf die Reise! Und wie sollen wir es finden? Es hat ja nicht mehr die Nummer 532, sondern eine neue.“

„Macht nichts“, erklärte Justus. „Dann rufen wir eben Mrs. Miller an und bitten sie, uns das Haus genau zu beschreiben.

Und dann können wir zur Manchester Street fahren und es suchen."
„Heute geht das aber nicht mehr", wandte Bob ein. „Sonst wird es zu spät."
„Just, ich muß auch ins Geschäft zurück", meldete sich Kenneth. „Wir sind schon reichlich spät dran."
„Gut, erledigen wir das morgen", entschied Justus. „In Ordnung, Kenneth, fahren wir heim."
Kenneth ließ den Motor an und lenkte den Wagen vom Randstein weg. In diesem Augenblick fuhr ein paar Häuser hinter ihnen ein großes schwarzes Auto mit drei recht brutal aussehenden Männern an und folgte ihnen. Es fiel ihnen nicht auf, und so waren sie weiterhin guter Dinge.
Kurz vor Geschäftsschluß kamen sie auf dem Schrottplatz an, und Titus Jonas war leicht verärgert, weil sie so lange weg gewesen waren. Dann wandte er sich an Justus.
„Justus, mein Junge", sagte er, „in eurer Abwesenheit ist ein Paket für dich angekommen. Hast du irgendwas bestellt?"
„Ein Paket?" Justus staunte. „Nein, nicht daß ich wüßte. Was ist es denn, Onkel Titus?"
„Ich habe keine Ahnung. Es ist eine große Schachtel, gut verpackt. Und da es an dich adressiert ist, habe ich es selbstverständlich nicht aufgemacht. Da drüben steht es, neben der Tür zum Büro."
Die drei Jungen stürzten sich auf das Paket. Es war ein sehr großer Pappkarton, den viele feste braune Klebestreifen zusammenhielten. Aus dem Adressenaufkleber war ersichtlich, daß es in Los Angeles als Expreßgut aufgegeben worden war; ein Absender war jedoch nicht genannt.
„Mann, was kann da wohl drin sein?" fragte Peter.
„Wir müssen es eben aufmachen und nachsehen", meinte Justus

verwirrt. „Wir nehmen es mit nach hinten und öffnen es in der Werkstatt.“

Mit einiger Mühe schleppten er und Peter den Karton an den aufgestapelten Lagerbeständen vorbei zu der Abgeschiedenheit ihrer Werkstatt. Justus holte sein hochgeschätztes Schweizer Taschenmesser mit den vielen Klingen hervor, durchtrennte flink die Klebestreifen und bog den Deckel des Kartons zurück. Entgeistert starrten sie auf den Inhalt.

„Nein!“ stöhnte Peter. „Bloß das nicht!“

Auch Justus fand erst nach einem Augenblick die Sprache wieder. „Da hat uns jemand“, sagte er, „den Koffer von Gulliver zurückgeschickt.“

Sie stierten den Deckel des Koffers an, den sie für immer los zu sein gehofft hatten. Und während sie noch schauten, drang eine gedämpfte Stimme an ihre Ohren.

„Beeilt euch!“ sagte die Stimme. „Sucht — die Lösung.“

Sokrates! Das war seine Stimme aus dem Innern des Koffers!

Die drei ??? entdecken Spuren...

„Und was jetzt?" fragte Peter bedrückt.
Es war am späten Nachmittag des folgenden Tages — Samstag. Die drei Detektive hatten sich hinten auf dem Schrottplatz zu einer Beratung versammelt. Am vorhergehenden Abend hatten sie keine Lust mehr verspürt, die rätselhafte Rückkehr von Gullivers Koffer zu untersuchen. Daß er auf so mysteriöse Weise wieder bei ihnen aufgetaucht war, hatte sie ziemlich aus der Fassung gebracht. Sie hatten den Karton hinter ihrer Abzugspresse versteckt und beschlossen, alles Weitere auf den nächsten Tag zu verschieben.
Bob war gerade von seiner Arbeit in der Bibliothek gekommen. Justus hatte sich ums Geschäft zu kümmern, da Onkel und Tante an diesem Tag in Los Angeles waren. Im Augenblick war nichts los; so nützte er die Gelegenheit und verzog sich zu Bob und Peter.
Und nun schauten sie sich den Koffer ratlos an und fragten sich, was sie damit anfangen sollten.
„Ich weiß was", sagte Bob. „Wir bringen den Koffer direkt zur Polizeidirektion und erzählen Hauptkommissar Reynolds alles, was wir wissen. Und dann soll er die Sache übernehmen."
„Gute Idee!" stimmte Peter begeistert zu. „Na, Just, was meinst du?"
„Wäre das beste", sagte Justus bedächtig. „Aber so viel wissen wir eigentlich auch wieder nicht. Wir nehmen nur an, daß Spike Neely das gestohlene Geld im Haus seiner Schwester versteckt hat — sicher wissen wir es nicht. Es läßt sich eben leicht kombinieren."
„Mir genügt das", sagte Bob. „Spike tauchte am selben Tag, als

er in San Francisco den Raub begangen hatte, bei seiner Schwester auf. Er muß das Geld also bei sich gehabt haben. Und da er befürchten mußte, gefaßt zu werden, versteckte er es wahrscheinlich, ehe er wieder wegging. Er dachte, seine Schwester würde dort wohnen bleiben, und er könnte es sich dann eines Tages, wenn die Luft rein war, wieder holen."

„Und außerdem", meinte Peter, „wissen wir nicht, wo er das Geld sonst noch versteckt haben könnte, falls es nicht in dem Haus ist. Dann könnten wir es erst recht nicht finden. Wir können von nichts anderem ausgehen."

„Gestern", sagte Justus, „hat Sokrates wieder gesprochen."

„Das läßt sich nicht bestreiten!" Peter schüttelte sich. „Glaubt mir, ich fand das nicht gerade komisch."

„Es ging einem schon an die Nerven", bestätigte Bob.

„Jedenfalls hat er was zu uns gesagt. Im Augenblick ist es mir gleichgültig, wie das möglich war", meinte Justus. „Er sagte, wir sollten uns beeilen und die Lösung finden. Es muß also im Koffer doch ein Anhaltspunkt sein, auch wenn wir ihn bis jetzt übersehen haben."

„Wenn das stimmt, kann Hauptkommissar Reynolds den Koffer in seinem Labor Zoll für Zoll untersuchen lassen", wandte Peter ein. „Und vielleicht ist das noch nicht mal nötig. Wenn er Mrs. Millers früheres Haus in der Manchester Street erst ermittelt hat, kann er sich einen Haussuchungsbefehl einstecken und das Geld auch so finden."

„Das stimmt", gab ihm Justus recht. „Na gut, machen wir's so. Aber erst sollten wir Mrs. Miller anrufen und sie um eine Beschreibung bitten, damit wir dem Kommissar berichten können, wie das Haus aussieht."

„Dann los!" sagte Peter. „Auf zur Zentrale."

„Augenblick noch", sagte Justus. Er ging nach vorn, sah, daß

Patrick und Kenneth die wenigen Kunden allein bedienen konnten, und folgte dann Bob und Peter durch Tunnel II.
Dann waren sie in ihrer Zentrale. Justus schlug Mrs. Millers Telefonnummer nach, und gleich darauf sprach er schon mit ihr.
„Wie mein Haus ausgesehen hat?“ wiederholte Mrs. Miller ziemlich überrascht. „Du meine Güte, ihr braucht doch wahrhaftig nur hinzugehen — Danville Street 532, da steht es.“
Als sie erfuhr, daß das Haus abtransportiert worden war und an seiner Stelle nun ein großer Wohnblock stand, mußte sie erst einmal Luft holen.
„Ein Wohnblock!“ sagte sie. „Da wundert's mich nicht mehr, daß der Mann es unbedingt kaufen wollte. Wenn ich das früher gewußt hätte, dann hätte ich vielleicht mehr dafür verlangt. Na ja. . . Also: Es ist ein hübsches kleines Haus mit brauner Schindelverkleidung. Es ist ebenerdig, aber es hat eine kleine Mansarde mit einem runden Fenster zur Straße. Was Besonderes kann ich euch dazu nicht sagen. Es war eben ein nettes, gut gebautes Häuschen.“
„Vielen Dank“, sagte Justus. „Danach kann es die Polizei bestimmt finden.“
Er legte auf und sah seine beiden Freunde an. „Je mehr ich darüber nachdenke“, sagte er, „um so klarer wird mir, daß das Geld in Mrs. Millers früherem Haus ist — allerdings in einem raffiniert ausgeheckten Versteck. Und daß der Koffer dazu noch einen Fingerzeig enthält, ist mir ebenso klar.“
„Auch wenn das stimmt — ich hab' genug von diesem Koffer!“ sagte Peter eigensinnig. „Denk dran, was mit Maximilian dem Magier passiert ist. Jetzt ist der Koffer wieder bei uns gelandet, und ich will ihn nicht haben. Er ist gefährlich. Soll doch der Kommissar nach dieser Spur suchen.“
„Nun ja, wir hatten immerhin vereinbart, daß wir mit der Poli-

zei zusammenarbeiten", stellte Justus fest. „Da dürfte es das Nächstliegende sein, daß wir den Koffer hinbringen. Wir rufen den Chef am besten vorher an, damit er darüber informiert ist, daß wir kommen."

Also telefonierte Justus noch einmal und bekam sofort Verbindung mit der Polizeidirektion.

„Dienstzimmer Hauptkommissar Reynolds, Inspektor Carter am Apparat", meldete sich eine energische Stimme, die Justus nicht kannte.

„Hier Justus Jonas. Kann ich bitte den Herrn Hauptkommissar sprechen?"

„Der Kommissar ist bis morgen verreist", erwiderte Inspektor Carter kurz. „Ruf dann nochmals an."

„Aber es handelt sich um etwas Wichtiges", sagte Justus. „Wir haben nämlich eine Vermutung, daß —"

„Schluß jetzt, Bürschchen!" Inspektor Carter wurde ungeduldig. „Ich hab' viel zu tun, und wenn ich was nicht leiden kann, dann sind es aufdringliche Wunderknaben. Mag sein, daß der Chef euch manchmal mitwursteln läßt, aber ich persönlich bin der Meinung, daß sich Dreikäsehochs wie ihr besser nicht in alles einmischen sollten."

„Aber der Kommissar hat mich doch gebeten —" fing Justus noch einmal an.

„Das mach morgen mit ihm aus! Ich habe jetzt keine Zeit mehr!" Und am anderen Ende der Leitung knallte der Hörer auf die Gabel.

Auch Justus legte auf und schaute Bob und Peter hilflos an.

„Sieht ganz so aus", meinte Peter, „als ob Inspektor Carter uns nicht mag."

„Es hörte sich an, als könnte er überhaupt niemanden leiden", ergänzte Bob. „Und erst recht keine Buben."

„Diese Einstellung trifft man bei Erwachsenen recht häufig", sagte Justus mit einem Seufzer. „Nach ihrer Meinung können unsere Ideen nichts taugen, weil wir eben jung sind. In Wirklichkeit sehen wir ein Problem oft von einer ganz neuen Seite an. Na, ich glaube nicht, daß wir den Koffer vor morgen zu Hauptkommissar Reynolds bringen können — vielleicht nicht mal morgen, denn da haben wir Sonntag. Wir müssen wohl warten bis Montag. Ich schlage also vor, daß wir den Koffer nochmal durchsuchen — auf diese Lösung hin, von der Sokrates gesprochen hat."

„Ich hab' diesen Koffer gründlich satt", sagte Peter entschieden. „Und ich hab' Sokrates satt. Ich will nicht, daß er mich anquatscht."

„Ich glaube nicht, daß er uns nochmal etwas mitteilen wird", entgegnete Justus. „Es hat irgendwie den Anschein, als rede er hier vor unseren Augen nicht. In meinem Zimmer hat er im Dunkeln gesprochen, später aus dem Koffer heraus, aber direkt vor uns noch nie."

„Er sagte aber ‚Buh' zu deiner Tante", erinnerte Bob.

„Ja. . . Das kann ich mir nicht erklären", gestand Justus. „Aber wie wär's, wenn wir jetzt den Koffer aufmachten und nachschauten? Vielleicht hat auch jemand etwas herausgenommen, ehe er ihn uns zurückschickte."

Sie krochen durch Tunnel II und öffneten den Koffer. Er sah innen noch genauso aus wie zuvor. Sokrates, in ein abgewetztes Stück Samt gewickelt, war sorgfältig in eine Ecke gebettet. Der Brief steckte noch an seinem Platz hinter dem Schlitz im Futter. Justus nahm Sokrates heraus, wickelte ihn aus und setzte ihn mitsamt seinem Elfenbeinsockel auf die Abzugspresse. Dann zog er den Brief hervor. „Wir wollen uns den auch nochmals vornehmen", meinte er.

Alle drei lasen den Brief noch einmal durch. Er hörte sich ebenso harmlos an wie zuvor.

Landes-Strafanstalt,
Krankenstation
17. Juli

Lieber Gulliver!
Dein alter Freund und Zellengenosse Spike Neely möchte sich mal wieder kurz bei Dir melden. Ich bin im Krankenrevier, und ich mache es wohl nicht mehr lang.
Es kann fünf Tage gehen, oder drei Wochen, vielleicht auch noch zwei Monate, das können die Ärzte nicht genau sagen. Auf alle Fälle ist es Zeit zum Abschiednehmen. Wenn Du mal nach Chicago kommst, dann schau bei meinem Vetter Danny Street rein. Grüß ihn von mir. Ich hätte gern noch mehr geschrieben, aber ich schaffe es nicht.

Dein Freund Spike

„Falls es da einen versteckten Hinweis geben sollte — ich finde ihn nicht", brummte Justus. „Ich möchte bloß wissen, ob — halt! Da fällt mir was ein. Schaut mal her!"
Er streckte Bob den Brief und den Umschlag hin. „Merkst du, was wir übersehen haben?"
„Übersehen haben?" Bob blinzelte verdutzt. „Nein, ich kann nichts Besonderes feststellen, Just."
„Die Marken auf dem Umschlag!" sagte Justus. „Wir haben noch nicht unter den Marken nachgesehen — nach einer Geheimbotschaft!"
Bob sah sich die beiden Briefmarken an — eine gewöhnliche Zwei-Cent-Marke und eine Vier-Cent-Marke, eine Jugend-Sondermarke mit zwei springenden Fohlen. Er nahm den Umschlag

und fuhr mit dem Finger über die Marken. Es war ihm anzusehen, daß er plötzlich sehr aufgeregt war.
„Just!“ rief er. „Du hast recht! Da ist was unter einer Marke. Die Vier-Cent-Marke mit den Fohlen fühlt sich ein klein bißchen dicker an als die andere.“
Peter betastete die Marken ebenfalls und nickte. Die Vier-Cent-Marke war wirklich ein klein wenig dicker — sehen konnte man es nur, wenn man ganz genau hinschaute.
„Los, wir gehen in die Zentrale und lösen die Marken über Wasserdampf ab. Dann sehen wir, was darunter ist!“ meinte Bob eifrig.
Sie krochen hastig durch ihren Tunnel zurück. Keine drei Minuten später kochte in ihrem Labor ein kleiner Wasserkessel. Justus hielt die Ecke des Umschlags in dem Dampf, bis sich die Briefmarken ablösen ließen. Dann stieß er einen überraschten Schrei aus.
„Seht her!“ rief er. „Unter den Fohlen ist noch eine andere Marke. Eine grüne Ein-Cent-Marke!“
„Das ist eigenartig.“ Bob runzelte die Stirn. „Was soll das bedeuten, Just?“
„Das kann ich euch sagen“, erklärte Peter. „Da ist nichts Geheimnisvolles dabei. Wißt ihr nicht mehr, daß damals, als dieser Brief zur Post gegeben wurde, das Porto um einen Cent teurer wurde? Spike Neely klebte wahrscheinlich erst die Ein-Cent-Marke drauf, und dann fiel ihm ein, daß das mit der Vierer zusammen nicht reichen würde, und da klebte er eine Zweier-Marke auf und dann noch die Vierer über die Einser.“
„Das könnte stimmen“, sagte Bob. „Ich glaube, Peter liegt richtig, Just.“
„Da bin ich nicht so sicher.“ Justus besah sich kritisch die grüne Marke auf dem Umschlag. Dann löste er auch sie sorgfältig ab.

„Vielleicht ist da drunter was geschrieben", meinte er.
„Nein", verkündete Bob, als die Marke abgezogen war. „Nichts Geschriebenes, und auch nichts hinten auf den Marken. Was sagst du nun, Justus?"
„Für einen Zufall ist es zu auffällig", sagte Justus, die Brauen noch immer zusammengezogen. „Es hat bestimmt etwas zu bedeuten."
„Und was?" fragte Peter.
„Ich überlege gerade", sagte Justus. „Spike wußte, daß dieser Brief durch die Zensur gehen würde. Es läßt sich also daraus folgern, daß er für die Übermittlung seiner Nachricht die Briefmarken benutzte. Er klebte zwei Marken übereinander, und das so exakt, daß es überhaupt nicht auffallen würde. Von Gulliver erwartete er jedoch, daß der den ganzen Brief sorgfältig untersuchen und es bemerken würde. Weiter folgere ich, daß die Ein-Cent-Marke — grün wie unsere Banknoten — ein Symbol für die vermißten fünfzigtausend Dollar ist. Spike meinte also damit —"
Er brach ab und überlegte heftig. Plötzlich schrie Bob laut auf. „Ich hab's!" brüllte er. „Eine Briefmarke ist doch ein Stück Papier, nicht? Und Geld ist auch Papier. Spike klebte zwei Papierstücke übereinander. Spike wollte Gulliver mitteilen, daß das Geld irgendwo unter Papier versteckt sei. Und Mrs. Miller hat uns doch erzählt, daß Spike in ihrem Haus das untere Stockwerk neu tapezierte, als er sich bei ihr verborgen hielt. Dabei hat er also die fünfzigtausend Dollar versteckt. Er hielt die Scheine nebeneinander an die Wand und klebte die, neue Tapete darüber!"
„Mensch!" sagte Peter voll Bewunderung. „Bob, du bist dahintergekommen. Das muß die Lösung sein, nicht wahr, Just?"
Justus nickte. „Ja", sagte er. „Beachtlich kombiniert, Bob. Mir

fällt gerade eine Geschichte ein, die ich einmal gelesen habe. Es ist eine Kriminalstory von einem Schriftsteller namens Robert Barr. Darin versteckt ein gewisser Lord Chizelrigg einen Goldschatz, indem er Blattgold daraus hämmert und das unter eine Tapete klebt. Es ist das gleiche Prinzip — nur machte es Spike Neely mit Papiergeld und hatte es dadurch wesentlich leichter."

Schlecht ist diese Versteck-Idee bestimmt nicht. Nur frage ich mich: Wie kräftig klebt eigentlich Tapetenkleister?

„Einen Moment noch!" wandte Bob ein. „Mrs. Miller sagte aber, Spike Neely sei noch woanders hingegangen und habe für ihren Mann einen Auftrag erledigt. Er könnte das Geld auch dort versteckt haben."

„Das glaube ich nicht." Justus schüttelte den Kopf. „Der beste Platz wäre — Mann, o Mann!"

„He, he — was ist denn?" wollte Peter wissen. „Worüber regst du dich auf, Just?"

„Spike sagt es uns ja selber! Das heißt, er sagt es Gulliver. Hier, in seinem Brief. Seht's euch an!" Justus reichte Bob und Peter den Brief hinüber. „Lest mal, da wo es heißt: ‚Es kann noch fünf Tage gehen, oder drei Wochen, vielleicht auch noch zwei Monate.' Nehmt die Zahlen und setzt sie zusammen. Das ergibt 5-3-2. Was fällt euch dabei ein?"

„Das war Mrs. Millers Hausnummer!“ schrie Bob. „Danville Street 532.“
„Genau“, sagte Justus. „Und weiter, hier — da schreibt er an Gulliver: ‚Wenn Du mal nach Chicago kommst, dann schau bei meinem Vetter Danny Street ’rein.‘ “
„Danny könnte er als Kurzform für Danville gemeint haben!“ rief Peter.
„Genau!“ bekräftigte Justus. „Daß er von einem Vetter und von Chicago redet, hat nur den Zweck, von den Worten ‚Danny Street‘ abzulenken. Spike Neely erklärte Gulliver so deutlich, wie er es riskieren durfte, daß das Geld in dem Haus Danville Street 532 versteckt ist!“

So, nun haben die drei ??? im Kombinieren mit euch gleichgezogen. Oder wart ihr bisher selbst noch beim Rätseln?

„Und zwar unter der Tapete!“ fiel Bob ein. „Er wollte nicht zu viele Worte wagen. Aber das mit den beiden Briefmarken übereinander war ein prima Einfall!“
„Wir haben das Rätsel gelöst“, sagte Peter begeistert.
Dann überlegte er. „Und wie finden wir nun das Geld?“
„Wenn es bei jemanden unter der Tapete klebt, können wir nicht einfach ’reinplatzen und sagen: Entschuldigen Sie, aber wir müssen mal eben Ihre Tapete ’runterreißen“, fand Bob.

„Nein“, gab Justus zu. „Das ist Sache der Polizei. Wir müssen Hauptkommissar Reynolds informieren. Es hat keinen Zweck, daß wir uns an Inspektor Carter wenden — er hat uns deutlich gesagt, daß wir ihn in Ruhe lassen sollen. Aber morgen oder am Montag, wenn der Chef wieder da ist —“

Das Klingeln des Telefons schnitt ihm das Wort ab. Überrascht nahm Justus den Hörer ans Ohr. „Drei Detektive, Justus Jonas am Apparat“, sagte er.

„Sehr gut!“ erwiderte eine Männerstimme in gebieterischem Ton. „Hier spricht Georg Grant.“

„Georg Grant?“ Justus runzelte die Brauen. Dieser Name war ihm nicht bekannt.

„Ja, richtig. Hauptkommissar Reynolds hat euch doch gesagt, ich würde mich mit euch in Verbindung setzen, oder nicht?“

„N-ein“, sagte Justus verdutzt. „Von Ihnen hat er nichts gesagt, Mr. Grant.“

„Dann muß er es vergessen haben“, meinte der Mann. „Er hat mir ja auch eure Nummer gegeben. Ich bin Sonderbeauftragter des Banken-Schutzverbandes. Seit ich aus der Zeitung weiß, daß ihr diesen Koffer des Großen Gulliver gekauft habt, habe ich ein Auge auf euch. Und —“

„Ja, bitte?“ fragte Justus mit leichtem Unbehagen, als der Mann stockte.

„Wißt ihr eigentlich, daß euch Tag und Nacht drei der schlimmsten Ganoven in Kalifornien nachspionieren?“

Das hat noch gefehlt!

„Uns — uns nachspionieren?“ Justs Stimme war nicht mehr ganz fest. Peter und Bob mußten schlucken.

„Und ob sie das tun. Sie sind euch ständig auf den Fersen. Sie nennen sich Three-Finger, Babyface Benson und Mackie Messer. Sie waren mit Spike Neely im Gefängnis, und sie hoffen, daß ihr sie zu dem Geld führen werdet, das er vor seiner Verhaftung versteckt hat.“

„Aber — aber wir haben nie bemerkt, daß uns jemand nachspioniert, Mr. Grant.“

„Das ist klar. Diese Männer sind Profis. Sie haben ein Stück weit vom Schrottplatz ein Haus gemietet und beschatten das Gelände durch Feldstecher. Wenn ihr also irgendwohin geht, folgen sie euch.“

„Das müssen wir ja der Polizei melden“, sagte Justus erschrocken. Bob und Peter, die über den kleinen Lautsprecher mithörten, nickten heftig.

„Ich habe Hauptkommissar Reynolds bereits verständigt“, sagte Mr. Grant. „Er hat mir angeboten, sie wegen Belästigung zu verwarnen. Aber einsperren kann er sie nicht, weil das Beobachten anderer nicht strafbar ist. Und sie haben ja sonst nichts getan — bis jetzt.“

„Hauptkommissar Reynolds hatte die Befürchtung, eine Verbrecherclique könnte vielleicht glauben, wir wüßten, wo das Geld steckt“, sagte Justus nicht gerade glücklich. „Deshalb beobachten sie uns wahrscheinlich. Um zu sehen, ob wir es uns holen werden.“

„Hoffentlich kommt ihr nicht auf die Idee“, meinte Mr. Grant. „Wer weiß, was Three-Finger und die anderen dann unternehmen. Wenn euch tatsächlich etwas bekannt ist, dann folgt meinem Rat und meldet es der Polizei."

„Aber wir wissen doch gar nichts", widersprach Justus. „Ich meine, bisher nicht."

„Und jetzt — jetzt habt ihr was entdeckt?" forschte Mr. Grant.

„Eigentlich schon", gab Justus zu. „Gerade heute sind wir auf etwas gestoßen, was anscheinend wichtig ist."

„Gratuliere!" sagte der Mann lebhaft. „Übergebt es doch gleich dem Kommissar. Ich komme auch hin, und dann setzen wir uns zu einer kleinen Unterhaltung zusammen. Hm. . das heißt — das geht ja nicht. Eben fällt mir ein, daß Reynolds heute nicht da ist." „Stimmt", bestätigte Justus. „Wir haben auch schon angerufen. Inspektor Carter vertritt ihn heute. Aber er wollte uns nicht mal anhören."

„Und wenn ihr jetzt zu ihm hingeht, reißt er sich den Fall selber unter den Nagel, und mit der Belohnung ist es aus", meinte Mr. Grant nachdenklich.

„Belohnung?" fragte Justus. Bob und Peter sahen sich höchst überrascht an.

„Der Banken-Schutzverband hat eine Belohnung von zehn Prozent der Summe ausgesetzt, falls das Geld gefunden wird. Ihr hättet also Anspruch auf fünftausend Dollar — das heißt, wenn euer Hinweis was taugt."

„Fünftausend Dollar!" flüsterte Peter Justus zu. „Das finde ich aber großartig! Frag ihn, wie wir dazu kommen können."

„Ich habe da eine Idee", fuhr Grant fort. „Wenn ihr eure Informationen dem Banken-Schutzverband direkt übermittelt und wir sie an die Polizei weiterleiten, habt ihr ein Anrecht auf die Belohnung. Aus den Akten würde ja hervorgehen, daß der Hinweis von euch kam. Ich könnte zu euch kommen und — nein, das ist nicht so günstig. Wenn die Ganoven mich sehen, erkennen sie mich womöglich, und dann könnten sie recht unangenehm werden. Wie wär's, wenn ihr zu mir kämt — ganz unauffällig? Ich bin jetzt in der Stadt."

„Ich kann nicht vom Schrottplatz weg", entgegnete Justus mit einer ärgerlichen Grimasse. „Ich bin hier allein im Geschäft. Mein Onkel und meine Tante kommen erst in ein oder zwei Stunden wieder zurück."

„Hm — ich verstehe." Mr. Grant schwieg einen Augenblick. „Und meinst du, du könntest heute abend mal kurz weg, wenn der Betrieb geschlossen ist? Könnt ihr drei mich dann irgendwo treffen? Ihr müßtet aber den Schrottplatz verlassen, ohne daß Three-Finger und die anderen es merken."

„Ich glaube, das könnten wir schaffen, Sir", erwiderte Justus. „Bob und Peter müssen allerdings schon bald zum Abendessen heimgehen. Meinen Sie, daß die drei Ganoven ihnen folgen werden?"

„Das bezweifle ich. Das Interesse der Burschen gilt vor allem dir. Bist du sicher, daß du dich unbemerkt verdrücken kannst?" „Ja, Sir, das klappt einwandfrei", sagte Justus. Er dachte an das Rote Tor, den Geheimeingang der drei Freunde in der Umzäunung des hinteren Platzes. „Aber es wird spät werden, weil heute Samstag ist und wir bis sieben Uhr geöffnet haben."

„Ausgezeichnet. Paßt es dir dann um acht?"

„Ja, das geht wohl, Mr. Grant."

„Dann schlage ich vor, wir treffen uns im Park — in der Grünanlage am Strand. Ich sitze dann auf einer Bank beim östlichen Eingang und lese Zeitung. Ich werde eine braune Sportjacke tragen und einen braunen Hut. Ihr drei kommt einzeln, und jeder paßt gut auf, daß ihm niemand folgt. Alles klar?"

„Ja, Sir", sagte Justus.

„Und erzählt keinem Menschen davon, bis es soweit ist. Es darf

auf keinen Fall etwas durchsickern, ehe ich mit euch gesprochen habe. Bringt eure Informationen mit. Verstanden?"
„Klar, Mr. Grant", bestätigte Justus.
„Dann treffen wir uns um acht. Bis dann!"
Als Justus aufgelegt hatte, machte Peter seinem Herzen Luft. „Das ist ja ein Ding! Fünftausend Dollar Belohnung! Was ist los, Just, warum freut dich das nicht?"
„Wir haben das Geld ja noch gar nicht gefunden", meinte Justus.
„Wir müssen es eben finden. Oder die Polizei, wenn Mr. Grant unsere Hinweise weitergibt. Vielleicht können wir dabei sein, wenn sie die Suche starten."
„Aber nicht, wenn Inspektor Carter zu bestimmen hat", warnte Bob.
„Wenn bloß der Kommissar heute nicht fort wäre", sagte Justus. „Ich würde ihm das Ganze gern erzählen. Aber wenn er Mr. Grant schon kennt —"
Ein Ruf von draußen unterbrach ihn. „Just! Wir brauchen Wechselgeld!"
„Das ist Kenneth", sagte Justus. „Ich muß wohl wieder an die Arbeit. Schließlich bin ich jetzt für den Laden verantwortlich. Bob und Peter, könnt ihr Sokrates wieder in den Koffer packen?"
„Himmel!" Bob sah auf seine Uhr. „Ich muß noch in die Bücherei, ehe sie zumachen, Just. Ich hab' meine Jacke vergessen, als ich heute Schluß machte. Und von dort aus muß ich wohl gleich nach Hause."
„Ist schon gut. Ich packe den Koffer", erbot sich Peter. „Aber dann sollte ich auch heimgehen. Wir sehen uns ja dann um acht im Park. Klar?"
„Klar", sagte Justus.
Sie verließen gemeinsam die Zentrale und trennten sich dann.

Peter ging ohne große Begeisterung zu dem Koffer und Sokrates. „So!“ sagte er herausfordernd zu dem Schädel. „Und was meinst du nun dazu, daß wir die Lösung des Rätsels gefunden haben?“ Sokrates schien zu grinsen, aber er schwieg.

Bob weiß eine Bomben-Neuigkeit

Bob konnte es kaum noch länger ertragen — er wußte etwas Neues!

In wilder Hast radelte er durch abgelegene Straßen des Städtchens, um auf Umwegen an sein Ziel, den Treffpunkt im Park, zu gelangen. Er war ein wenig spät dran. Nach dem Essen hatte er sich mit Bedacht einen Stapel alter Zeitungen vorgenommen und sie in der Garage durchgeblättert. Er hatte auch den Artikel gefunden, auf den er es abgesehen hatte, und nun strengte er sich an, die verlorene Zeit wieder einzuholen. Als er den nach Osten gelegenen Eingang zum Park erreicht hatte, sah er, daß Peter und Justus schon da waren. Sie saßen mit einem jungen, gut gekleideten Mann auf einer Bank und waren in eine ernste Unterhaltung vertieft. Als Bob mit quietschender Bremse heranfuhr, blickten sie auf.

„Tut mir leid, daß ich zu spät komme", keuchte Bob. „Ich mußte unbedingt noch etwas suchen."

„Du bist sicher Bob Andrews", sagte der Mann liebenswürdig. „Ich heiße Georg Grant."

Sie gaben sich die Hand, und dann hielt der junge Mann Bob seine aufgeklappte Brieftasche entgegen. Hinter einem Sichtfenster steckte eine Karte mit Prägedruck. „Mein Ausweis, Bob. Wir wollen der Form genügen."

Nach den Angaben auf der Karte war Georg Grant Bevollmächtigter und Inspektor des Banken-Schutzverbandes. Bob nickte, und Mr. Grant steckte daraufhin die Brieftasche wieder ein.

„Hör mal, Just —" fing Bob an, aber Justus kam ihm zuvor. „Wir haben Mr. Grant gerade berichtet, was wir aus dem Brief

wissen — von dem Geld, das in Mrs. Millers früherem Haus hinter der Tapete steckt."
„Da habt ihr Burschen ganze Arbeit geleistet", sagte Mr. Grant. „Der Banken-Schutzverband wird euch mit Freuden die Belohnung zukommen lassen. Wenn das Geld unter der Tapete klebt, wundert es mich nicht, daß die Polizei es bei der Haussuchung nicht gefunden hat. Allerdings gibt es da noch ein kleines Problem. Das Haus ist ja sicherlich bewohnt. Um hineinzukommen und die Tapete abreißen zu können, braucht man eine besondere behördliche Vollmacht. Und ich weiß nicht recht —"
Da konnte Bob seine Neuigkeit einfach nicht länger für sich behalten. „Das ist es ja gerade, Mr. Grant!" platzte er heraus. „Wenn das Haus noch steht, wohnt niemand mehr drin — aber es steht nicht mehr lange!"
Die anderen sahen ihn erstaunt an. Er fuhr hastig in seiner Erklärung fort. „Als ich nochmal in die Bücherei ging, um meine Jacke zu holen, hörte ich, wie eine Frau der Bibliothekarin erzählte, daß sie aus ihrem Haus in der Manchester Street heraus mußte, und wie schwierig es war, eine neue Wohnung zu finden. Sie ist dann schließlich hierher nach Rocky Beach gezogen. Ich fragte später die Bibliothekarin danach, und sie sagte mir, letzte Woche habe etwas darüber in der Zeitung gestanden. Im Archiv der Bücherei las ich es nach, und daheim fand ich dann die Zeitung noch und konnte den Artikel ausschneiden. Hier ist er."
Er reichte Justus ein zusammengefaltetes Stück Zeitungspapier. Justus entfaltete den Ausschnitt, überflog ihn und gab ihn dann Mr. Grant und Peter zum Lesen.

Abbrucharbeiten für neue Schnellstrasse in Angriff genommen.

Über 300 Häuser, einige davon noch neu und modern, stehen zur Zeit leer, bis die Räummaschinen der Abbruchfirmen anrücken.

Bald werden sie für die Bewohner, die ausziehen mußten, nur noch eine Erinnerung sein. Sie müssen dem Ausbau der Durchfahrtsstraße weichen, die hier entstehen wird.
Manchester Street wird auf eine Länge von fünfzehn Blocks verschwinden; an ihre Stelle wird eine sechsspurige Schnellstraße treten, die den ständig zunehmenden Durchgangsverkehr zügiger durch die Innenstadt schleusen soll. Vom Abbruch ist nicht nur Manchester Street betroffen; auch die angrenzenden Häuser der Seitenstraßen müssen abgerissen werden.
Für jeden der Anwohner, die ihr Heim verlassen mußten, war dies eine private Tragödie. Im großen gesehen, ist jeder Fall jedoch nur einer unter Tausenden, seit hier in der Stadt der Straßenausbau vorangetrieben wird. Die dringliche Forderung nach einem auch in Zukunft flüssigen Durchgangsverkehr bedingt die Zerstörung von vielen tausend Wohnhäusern, die den Schnellstraßen Platz machen müssen.

Es ging noch weiter, aber als Mr. Grant so weit gekommen war, pfiff er durch die Zähne. „Manchester Street!" sagte er. „Du sagtest doch, dort sei Mrs. Millers Haus vor vier Jahren wieder aufgestellt worden, Justus?"
„Das hat mir jedenfalls der Hausmeister des Wohnblocks erzählt", erwiderte Justus.
„Und jetzt wird der größte Teil von Manchester Street abgerissen", meinte Mr. Grant. „Das ändert die Lage. Es bedeutet, daß das Haus leersteht. Und es bedeutet, daß wir keine Zeit mehr verlieren dürfen. Three-Finger und die anderen könnten immerhin schon dort sein! Vielleicht sind sie längst dagewesen und haben das Geld mitgenommen!"
„Wie hätte das zugehen sollen, Mr. Grant?" fragte Peter.
„Gestern sind sie euch nachgefahren", erklärte Mr. Grant. „Sie

müssen euch bis zu Mrs. Millers jetziger Wohnung gefolgt sein, und wahrscheinlich haben sie sich gedacht, daß ihr einiges bei ihr erfahren konntet. Und dann sind sie euch ganz sicher noch weiter bis zu dem Wohnblock gefolgt. Sie hätten leicht sehen können, wie Justus hineinging, um mit dem Hausmeister zu reden, und sie hätten sich dann über diese Unterhaltung informieren können. Möglicherweise sind sie dahintergekommen, daß ihr das Geld in dem Haus in der Manchester Street vermutet. Und jetzt suchen sie vielleicht schon danach!"

„Verflixt, das ist wahr!" rief Bob. „Vielleicht kommen wir schon zu spät!"

„Normalerweise würde ich die Polizei um Hilfe bitten", sagte Mr. Grant. „Aber die Zeit drängt, und ich meine, wir können jetzt nur eines tun: auf dem schnellsten Weg zur Manchester Street fahren, das Haus ausfindig machen und zusehen, daß wir das Geld gleich sicherstellen können. Wir haben keine Zeit mehr die Polizei zu verständigen. Ihr Jungen könnt mitkommen — ich bin sogar auf euch angewiesen, weil ihr ungefähr wißt, wie Mrs. Millers früheres Haus aussah. Ich weiß das nicht."

„Einverstanden, Mr. Grant", sagte Justus. „Aber wie kommen wir hin?"

„Ich habe meinen Wagen draußen um die Ecke abgestellt. Damit fahren wir hin. Eure Fahrräder könnt ihr hier lassen, die holen wir später ab. Recht so?"

Schnell schlossen Bob und Peter ihre Räder ab. Justus war zu Fuß gekommen, nachdem er durch das Rote Tor aus der Umzäunung des Schrottplatzes geschlüpft war.

Mr. Grant führte die Jungen zu seinem Auto, einem schwarzen Kombiwagen, und gleich darauf fuhren sie los. Für die Fahrt nach Hollywood wählte Mr. Grant eine bergige, kleine Nebenstraße.

„Meinst du wirklich, daß das Geld unter der Tapete versteckt ist?“ fragte er Justus während der Fahrt.
„Ich bin ziemlich sicher“, meinte Justus. „Mrs. Miller sagte uns, daß Spike Neely während seines Besuches bei ihr im Haus ein paar Wände neu tapeziert und gestrichen hat. Dabei konnte er ja gut die Geldscheine an die Wand kleben und Tapete darüberziehen. Und als er dann im Krankenhaus lag, schmuggelte er die Adresse in seinen Brief. Das eigentliche Versteck konnte er Gulliver allerdings nur dadurch verraten, daß er zwei Briefmarken übereinander klebte.“
„Papier auf Papier.“ Mr. Grant nickte. „Das leuchtet ein. Wenn wir das Geld finden, müssen wir uns das nötige Gerät besorgen, um die Tapete mit Dampf abzulösen. Zum Glück ist heute Samstag, und ein paar Geschäfte sind länger geöffnet. Aber erst müssen wir das Geld finden — und es vor allem als erste finden!“
Er behielt ein scharfes Tempo bei, bis sie in bebautes Gelände kamen. Hier wurde er langsamer.
„Nun schauen wir mal auf den Stadtplan — hier, im Handschuhfach“, sagte er zu Justus.
Als Justus den Plan gefunden und Mr. Grant gereicht hatte, hielt der den Wagen an und studierte kurz die Karte.
„Gut“, entschied er dann. „Wir können weiter geradeaus fahren, bis zur Houston Avenue. Von dort müssen wir dann zur Manchester Street abzweigen. Es war der Fünfhunderter-Block, sagtest du?“
„Entweder der oder der Sechshunderter, meinte der Hausmeister“, erklärte Justus.
„Wir finden ihn auf jeden Fall“, sagte Mr. Grant entschlossen. „Gut, daß es noch ein wenig hell ist.“
Als sie jedoch zur Houston Avenue kamen, brach schon die Dämmerung herein. Mr. Grant bog nach links ein, und nach

dreißig oder vierzig Querstraßen gelangten sie endlich zur Manchester Street.
Obwohl es kein Straßenschild mehr gab, war ihnen sofort klar, daß dies die richtige Straße sein mußte. Schuttmassen versperrten ihnen fast den Weg. An einer Ecke waren die Häuser bereits abgerissen; sie waren nur noch Trümmerhaufen, die auf den Abtransport warteten. Auf der linken Straßenseite war eine Häuserreihe sogar schon ganz verschwunden. Zwei riesige Kräne mit Schaufelbaggern, die mit ihren dieselgetriebenen Kiefern die Holzhäuser förmlich zermalmen konnten, parkten neben ein paar Planierraupen auf einem freien Platz. Ein Gebäude, das einmal ein Restaurant beherbergt hatte, stand verloren an einer Ecke. Sie hielten daneben an, um den Schauplatz zu überblicken. An der Vorderfront hatten die Bagger schon tüchtig genagt. Das Haus sah aus wie nach einem Bombenangriff.
„Uff!“ Peter sprach aus, was alle dachten. „Hier sieht's ja fürchterlich aus. Meinen Sie, wir kommen noch zurecht, Mr. Grant?“
„Es wird knapp“, sagte der Inspektor verbissen. „Wenn ich richtig orientiert bin, sind die Fünfhunderter- und Sechshunderter-Nummern hier rechts, noch ein paar Straßen weiter. Schauen wir mal nach.“
Er lenkte den Wagen vorsichtig um die Schuttberge herum und wendete. Dann fuhren sie an Häuserreihen entlang, die noch nicht abgerissen worden waren, aber schweigend und dunkel dastanden; ganz offensichtlich waren sie nicht bewohnt.
Nur wenige hundert Meter entfernt lag die betriebsame Innenstadt, doch hier in der Manchester Street herrschte eine unheimliche, öde Stimmung. Kein Mensch war mehr da. In wenigen Monaten würde eine breite Betonstraße ständig Tausende von Autos durch dieses Gebiet befördern. Doch jetzt gehörte ihnen die Straße ganz allein. Nur eine magere Katze huschte davon.

„Der Neunhunderter-Block“, stellte Mr. Grant befriedigt fest. „Da sind wir bald bei den Sechshunderter-Nummern. Nun müßt ihr nach dem Haus Ausschau halten.“

Langsam fuhren sie an den stillen Häusern entlang. Hier und da schwang eine Tür lose in den Angeln, wie zum Zeichen dafür, daß es nicht mehr darauf ankam, ob die Türen geschlossen waren oder nicht.

„Die Sechshunderter“, verkündete Mr. Grant nervös. „Fällt euch etwas auf?“

„Da ist es!“ rief Peter und zeigte auf ein hübsches Häuschen weiter vorn.

„Hier ist aber auch eines, das so ähnlich aussieht.“ Justus wies zur anderen Straßenseite hinüber. „Beide haben oben im Giebel runde Fenster.“

„Also zwei Häuser, wie?“ Mr. Grant runzelte die Brauen. „Und ihr wißt nicht, welches das richtige ist?“

„Mrs. Miller sagte nur, es sei ein ebenerdiges Haus mit braunen Schindeln und einem runden Fenster im Dachboden.“

„So sehen hier viele Häuser aus“, meinte Mr. Grant mißmutig. „Machen wir weiter — fahren wir auch noch den nächsten Block ab.“

Auch hier entdeckten sie zwischen zwei weiß verputzten Häusern ein Haus mit braunen Schindeln, und auch dieses hatte ein rundes Giebelfenster. Mr. Grant hielt seinen Wagen an. „Drei Möglichkeiten“, sagte er. „Das erschwert die Sache. Aber mir scheint, wir sind doch zuerst da. Hier auf der Straße ist nirgends ein Wagen abgestellt, und es sieht auch nicht so aus, als hätten Three-Finger und die anderen schon vor uns abgesahnt. Wir parken in einer Nebenstraße, das ist unauffälliger, und dann müssen wir uns eben alle drei Häuser vornehmen, bis wir das richtige finden.“

Die Suchaktion beginnt

Als sie beim ersten Haus mit brauner Schindelverkleidung anlangten, war es schon fast dunkel. Mr. Grant schaute nach beiden Richtungen die Straße entlang. Stumm und verlassen lag Manchester Street da, niemand war zu sehen.

Er versuchte die Haustür zu öffnen, doch das ging nicht. „Abgeschlossen", sagte er. „Aber da es ja sowieso abgerissen wird, ist es gleichgültig, wie wir hineinkommen."

Er nahm eine kurze Brechstange, die er aus dem Wagen mitgebracht hatte, und zwängte das schmale Ende zwischen Tür und Rahmen. Als er dagegendrückte, zersplitterte das Holz, und die Tür sprang auf.

Er trat ins Haus, und die drei Detektive blieben ihm dicht auf den Fersen. Drinnen war es ziemlich dunkel. Mr. Grant leuchtete mit seiner Taschenlampe gegen eine Wand. Sie befanden sich in einem staubbedeckten Raum; auf dem Fußboden lag Papier. Offenbar war dies das Wohnzimmer gewesen.

„Fangen wir gleich hier an", sagte Mr. Grant. „Ich vermute das Versteck zwar eher in einem Hinterzimmer oder vielleicht in der Diele. Hast du ein Messer, Justus?"

Justus holte sein kostbares Schweizer Taschenmesser heraus und öffnete die große Klinge. Damit machte er einen Schnitt in die geblümte Tapete an der nächstliegenden Wand. Mr. Grant schob vorsichtig das Ende eines Spachtels in den Schlitz und hob einen Streifen Tapete von der Wand ab. Darunter war jedoch nur Gips.

„Hier ist nichts", sagte er. „Wir müssen diese Wand noch an anderen Stellen prüfen, dann kommen die anderen Wände an die Reihe. Und dann nehmen wir uns die übrigen Zimmer vor."

Etwa ein Meter neben der ersten Stelle wiederholten sie die Prozedur. Wieder fand sich unter der Tapete nur Gips. Sie untersuchten alle vier Wände an mehreren Stellen. Doch sie hatten keinen Erfolg.
„Na ja, versuchen wir's mal im Eßzimmer", meinte Mr. Grant.
Im Schein der Taschenlampe fanden sie den Weg ins Eßzimmer. Justus schnitt in die Tapete, und Mr. Grant löste die Schnittränder von der Wand ab.
Plötzlich rief Peter: „Da ist was Grünes drunter!" Vor Aufregung kippte ihm die Stimme über.
„Justus, leuchte mal hierher", sagte Mr. Grant. „Vielleicht haben wir es schon gefunden!"
Justus hielt die Taschenlampe dicht an die freigelegte Stelle. Darunter zeigte sich ein grünes Karomuster.
„Es ist nur überklebte Tapete", stellte Mr. Grant fest. „Aber wir schauen noch tiefer."
Doch darunter war wiederum nichts als Gips.
Sie untersuchten das ganze Eßzimmer und gingen dann in ein Schlafzimmer. Auch hier war das Ergebnis gleich Null, ebenso im zweiten Schlafraum. Badezimmer und Küche hatten einen Farbanstrich. Justus erklomm noch eine schmale Leiter und sah auf dem Speicher nach. Doch dort oben gab es keine Tapete.
„Also hier haben wir das große Los nicht gezogen."
Mr. Grants Ton war schärfer geworden, und er schwitzte leicht.
„Probieren wir es im nächsten Haus."
Sie gingen hinaus in die Finsternis. Nur die Straßenlampen an den Kreuzungen brannten; die Häuser waren alle dunkel und wirkten gespenstisch.
Mr. Grant führte die Jungen zum nächsten Block und zu dem ersten Haus mit braunen Schindeln in der Reihe. Hier war die Eingangstür nicht verschlossen.

Drinnen waren die Räume ganz ähnlich angeordnet wie in dem anderen Haus. Die Tapeten allerdings sahen ziemlich neu aus.
„Vielleicht ist es das“, sagte Mr. Grant hoffnungsvoll.
„Schneid mal ’rein, Justus.“
Justus schnitt die Tapete ein, Mr. Grant hob einen Streifen ab — und darunter war wieder nichts.
In wachsender Erregung gingen sie durch die übrigen Räume und überall untersuchten sie die Wände an verschiedenen Stellen. Sie fanden nichts.
„Jetzt bleibt uns nur noch ein Haus“, stellte Mr. Grant fest. Seine Stimme war jetzt ein wenig heiser. „Das muß es sein.“
Er ging über die Straße zu dem dritten Haus, auf das Mrs. Millers Beschreibung paßte. Als er sich daran machte, die verschlossene Tür aufzubrechen, richtete Justus die Taschenlampe auf den Türrahmen. Die Metallziffern der Hausnummer, die auf das weißgestrichene Holz geschraubt waren, warfen das Licht zurück.
„Laß das!“ befahl Mr. Grant energisch. „Wir wollen uns nicht bemerkbar machen.“
„Aber ich glaube, ich habe da etwas entdeckt“, sagte Justus. „Ich glaube, das war einmal Mrs. Millers Haus.“
„Wie willst du das wissen, Just?“ flüsterte Bob.
Irgendwie ließ die dunkle Einsamkeit der Straße nur Flüstern angebracht erscheinen.
„Ja, woher weißt du das?“ forschte auch Mr. Grant.
„Dieses Haus hat die Nummer 671“, erklärte Justus. „Aber bei der Umstellung mußte sich ja die Hausnummer ändern. Ich meine, ich hätte die Stelle gesehen, an der einmal die frühere Nummer angebracht war.“
„So? Dann wollen wir nochmal nachsehen. Aber mach ganz schnell.“ Justus drückte kurz auf den Knopf der Taschenlampe.

Ein kleiner Lichtkreis umfaßte die Ziffern. Und genau über der neuen Nummer sahen nun alle im Anstrich die Spuren der alten Nummer — sie waren nur schwach, aber trotzdem noch leserlich.
„Nummer 532!“ rief Peter. „Wir haben das Haus!“
„Gut gemacht, Justus“, lobte Mr. Grant. „Gehen wir hinein und suchen wir das Geld.“
Mit Krachen und Splittern gab die Tür nach, und sie liefen ins Wohnzimmer. Bob keuchte vor Aufregung. Endlich waren sie am richtigen Ort! Irgendwo hier im Haus mußten fünfzigtausend Dollar unter der Tapete kleben.
„Leuchte mal, Justus“, sagte Mr. Grant. Justus ließ das Licht auf eine Wand nach der anderen fallen. Der Raum hatte eine schwere Strukturtapete.
„Hier könnte es gut sein“, meinte der Mann. „Unter einer rauhen Tapete lassen sich Geldscheine leicht verstecken. Fangen wir an.“
Justus machte rasch den ersten Einschnitt, und Mr. Grant hob die Tapete. Darunter stießen sie auf Gips.
„Wir beginnen hier an der Ecke und arbeiten uns rund um das Zimmer“, ordnete Mr. Grant an. „Für fünfzigtausend Dollar in großen Scheinen braucht man schließlich keine ganze Wand. Halten wir uns ’ran!“
Er und Justus waren gerade mit der ersten Wand fertig und wollten sich die zweite vornehmen, als ein plötzliches Geräusch sie erstarren ließ.
„Was —“ begann Mr. Grant. Weiter kam er nicht. Die Haustür wurde aufgerissen, und schwere Tritte dröhnten auf dem Flur und dann im Zimmer. Der Schein einer starken Handlampe richtete sich auf die kleine Gruppe. Und hinter dem blendenden Licht grollte eine äußerst unangenehme Stimme:
„So, ihr da drinnen — nun nehmt mal alle die Hände hoch!“

Wo ist das Geld?

Die vier wandten sich um und hoben die Hände. Geblendet blinzelten sie ins Licht — sie konnten niemanden erkennen. „Wenn Sie von der Polizei sind", fing Mr. Grant an, „ich bin Georg Grant, Sonderbeauftragter des —"
Höhnisches Gelächter schnitt ihm das Wort ab. „Georg Grant! Das ist prachtvoll. Hast du das den Grünschnäbeln erzählt?"
Justus zwinkerte. Plötzlich kam ihm ein schlimmer Verdacht. „Ist das nicht Mr. Grant vom Banken-Schutzverband?"
„Der?" Der Mann mit der tiefen, knarrenden Stimme lachte wieder. „Das ist Smarty Simpson — ein ganz gerissener Bursche in unserer Branche!"

Da haben wir's! Und ihr — seid ihr auch auf den feinen Ausweis hereingefallen? Nun, allzu offene Warnung auszusprechen, hätte die Spannung verdorben; deshalb habe ich an mich gehalten.

„Aber er hat doch einen Ausweis!" protestierte Peter.
„Klar hat er den. Extra für ihn gedruckt — er hat mindestens tausend Stück davon. Nehmt's nicht so tragisch, daß er euch 'reingelegt hat. Der hat auch die Polizei 'reingelegt, und das schon oft. Du dachtest wohl, du könntest uns den Zaster vor der Nase wegschnappen, was, Smarty? Aber als das Dickerchen

zum Schrottplatz ging und auch nach Feierabend nicht wieder 'rauskam, da wußten wir Bescheid. Wir wußten auch, daß das Haus hier irgendwo sein mußte — das verriet uns gestern der Hausmeister in dem Block, wo der Dicke vorher war. Und da machten wir, daß wir hierherkamen. Hier sahen wir dann euer Licht. Da sind wir nun, und von jetzt an werden wir die Sache übernehmen."

„Du bist Three-Finger, was?" sagte Mr. Grant — oder besser Smarty Simpson. „Hör mal, Three-Finger, warum tun wir uns nicht alle zusammen? Das Geld haben wir schließlich noch nicht gefunden, und ich wüßte, wie —"

„Halt die Klappe!" knurrte der Mann mit der Lampe. „Wir finden das Geld schon allein, und euch soll die Polizei finden. Das wird euch lehren, uns nicht mehr in die Quere zu kommen. Los, dreht euch alle um, Gesicht zur Wand. Legt die Hände auf den Rücken. Keine falsche Bewegung, oder es wird euch leid tun! Mackie und Babyface, ihr holt die Stricke. Und verschnürt sie gut!"

Mit sinkendem Mut gehorchten die drei Detektive dem Befehl. Es war ihnen klar geworden, daß der raffinierte Smarty — auch er ein Ganove — sie mit vollem Erfolg an der Nase herumgeführt hatte. All sein Gerede von Hauptkommissar Reynolds hatte jeden Verdacht, der sich ihnen sonst vielleicht aufgedrängt hätte, völlig ausgeschaltet. Er mußte erfahren haben, daß der Kommissar an diesem Tag nicht in der Stadt war, und daraufhin hatte er die drei Detektive angerufen — mit der Absicht, geschickt aus ihnen herauszuholen, was sie alles wußten. So war es auch kein Wunder, daß er dauernd neue Ausreden gefunden hatte, um eine Meldung an die Polizei zu umgehen!

Justus hätte sich ohrfeigen können, weil ihm überhaupt nichts verdächtig erschienen war. Aber es war doch scheinbar alles so einleuchtend gewesen! Smarty hieß zu Recht so — er war smart. Sicherlich hatte er das mit dem Koffer in der Zeitung gelesen, und da sich die Geschichte von der verschwundenen Beute aus dem Bankraub und von Spike Neelys Brief in der Unterwelt wohl herumgesprochen hatte, fing er an, Justus und die anderen zu beobachten. Und Justs Telefonnummer hatte er sich leicht über die Auskunft oder aus dem Telefonbuch besorgen können.

Three-Finger und seine Männer waren also hinter den drei Detektiven her gewesen, und Smarty Simpson wiederum hatte sich ihnen allen an die Fersen geheftet!

Doch für Selbstvorwürfe war es nun zu spät. Flinke Hände fesselten den Jungen die Handgelenke auf den Rücken. Gleich darauf wurde ihnen befohlen, sich auf den Fußboden zu setzen, und dann bekamen sie noch Fußfesseln angelegt. Als sie hilflos dasaßen, lachte Three-Finger hämisch.

„Reizend seht ihr jetzt aus“, spottete er. „Knebeln werden wir euch nicht, weil euch hier kein Mensch hören kann, wenn ihr schreit. Aber wenn ihr Theater macht, bekommt ihr eins übergezogen. Und macht euch keine Sorgen — man wird euch am Montag schon finden, wenn die Arbeit hier wieder losgeht. Das heißt, ich möchte hoffen, daß man euch entdeckt, ehe die Bulldozer das Haus abreißen.“

Wieder lachte er. Justus und seine Freunde sahen jetzt, daß Three-Finger ein großer stämmiger Kerl war; seine beiden Kumpane waren kleiner. Die Gesichter der drei konnten sie nicht deutlich erkennen.

„Jetzt wollen wir uns mal einen Überblick verschaffen“, sagte Three-Finger. Er beleuchtete die Wand, die Justus und Smarty bearbeitet hatten. „Aha, ihr habt das Geld unter der Tapete gesucht, wie? Das ist ein raffiniertes Versteck — wäre nie da-

hinter gekommen. Hat dich das Bürschchen drauf gebracht, Smarty?"
„Ja, so war's", gab Smarty Simpson zu. „Der Brief, den Spike an Gulliver schickte, lieferte den Hinweis. Er hat die ganze Zeit im Koffer gesteckt."
„Das habe ich mir auch ausgerechnet", sagte Three-Finger. „Deshalb waren wir so scharf auf den Koffer. Meine Jungs haben ihn dann dem großen Dünnen auch abgenommen. Aber jemand anders war hinter ihnen her und hat sie in ihrem Versteck überfallen und sich den Koffer geschnappt, ehe wir ihn öffnen konnten. Warst du das, Smarty?"
„Ach was", entgegnete der Mann auf dem Fußboden. „Davon wußte ich überhaupt nichts."
„Komisch", murmelte Three-Finger. „Ich möchte nur wissen, wer das wohl war. Die Lausbuben hier bestimmt nicht."
„Es waren vier oder fünf Kerle mit Tüchern vorm Gesicht", erklärte einer der beiden anderen, der bis jetzt nichts gesagt hatte. „Sie waren flink und nicht gerade zimperlich. Ehe wir begriffen hatten, was los war, hatten sie uns schon überwältigt."
„Ja, und wer war's nun?" grunzte Three-Finger. „Vielleicht ist noch eine andere Bande hinter dem Geld her. Na, jedenfalls hat ihnen der Koffer nichts genützt, sonst wären sie schon früher hier gewesen. Aber was stehen wir hier herum und reden? Mackie, geh mit Babyface los und schau unter der Tapete in den anderen Zimmern nach."
Stumm sahen die vier Gefangenen vom Fußboden aus zu, wie die beiden Männer hastig die Tapete an den übrigen Wänden aufschlitzten. Bei allem Unmut über das Schicksal der drei Detektive mußte sich Justus doch fragen, wer wohl diesen Männern Gullivers Koffer wieder abgenommen und ihn an die Jungen zurückgeschickt hatte. Aber die Lösung dieses Rätsels blieb ihm

verborgen. Und Three-Fingers Spießgesellen entdeckten ihrerseits kein Geld unter der Wohnzimmertapete. „Also nicht hier im Zimmer“, stellte Three-Finger fest.
„Smarty, wenn du weißt, in welchem Zimmer es ist, dann sag’s uns lieber gleich. Wenn du das tust, dann binden wir dich vielleicht los, wenn wir fertig sind.“
„Wenn ich es wüßte, wäre ich gleich drauf losgegangen“, sagte Smarty Simpson. „Nehmt mir die Fesseln ab, dann helfe ich euch beim Suchen.“
„Denkste!“ fuhr Three-Finger auf. „Du wolltest uns das Geld wegschnappen — das hast du nun davon. Los, kommt, Leute, wir probieren es im Schlafzimmer.“
Die drei Männer gingen zum ersten Schlafzimmer und ließen ihre Gefangenen im Dunkeln zurück. Justus und seine Freunde hörten, wie sie die Tapete abrissen und fluchten, weil sie nichts fanden.
„Hört mal, es tut mir leid, daß es so kommen mußte“, sagte Smarty Simpson leise. „Ich gebe ja zu, daß ich euch ’reinlegen wollte, aber ich wollte nicht, daß es hart auf hart geht. Das ist nicht meine Art. Ich arbeite mit dem Kopf, nicht mit Gewalt.“
„Es war mein Fehler“, entgegnete Justus unglücklich. „Ich hätte Ihnen nicht trauen dürfen.“
„Nimm’s nicht so schwer“, tröstete Smarty. „Mir sind schon die Klügsten auf den Leim gegangen.“
Danach herrschte Stille bis auf die Geräusche aus dem hinteren Teil des Hauses, wo Three-Finger und seine Kumpane am Werk waren. Doch plötzlich fuhr allen vier Gefangenen der Schreck in die Glieder.
Die Haustür war mit leisem Quietschen aufgegangen! Sie lauschten aufmerksam. Undeutlich waren die dunklen Umrisse einer

nicht sehr großen Gestalt zu erkennen, die sich ins Zimmer schlich.

„Wer ist da?" fragte Smarty mit gedämpfter Stimme.

„Ruhig!" kam die geflüsterte Antwort. „Wir kommen euch zu Hilfe. Paßt auf, daß die anderen nichts merken."

Ein zweiter Mann schlüpfte zur Tür herein, und dann noch ein dritter. Danach kamen immer mehr — wie viele es waren, ließ sich im Dunkeln nicht genau feststellen. Die Eindringlinge bewegten sich sehr geschickt und fast unhörbar.

„Leute, haltet euch dicht an der Wand neben der Tür", sagte der Mann, der zuerst hereingekommen war. „Wenn sie 'rauskommen, stülpt ihr ihnen die Säcke über den Kopf und fesselt sie. Und keine Messer! Tut niemand was, wenn es sich vermeiden läßt."

Mit gedämpftem Knurren wurde ihm zugestimmt.

Justus, Bob und Peter warteten — mit neu angefachter Hoffnung, doch auch recht verblüfft. Wer konnten die Männer hier im Raum sein? Polizei war es nicht; die wäre mit Licht und vorgehaltener Waffe hereingestürmt. Waren sie ihnen wirklich gut gesonnen? Oder war es eine weitere Verbrecherbande, die das verborgene Geld suchte?

Ärgerliches Stimmengewirr aus den hinteren Räumen ließ vermuten, daß Three-Finger und die anderen das Geld nicht gefunden hatten. Nun kamen ihre Schritte den Gang entlang aufs Wohnzimmer zu. Als erster trat Three-Finger ein. Er richtete das Licht seiner Lampe auf den Fußboden.

„Jetzt bist du dran, Dickwanst!" fauchte er Justus an.

„Jetzt ist Schluß mit den Mätzchen. Sag uns sofort, wo das Geld ist, sonst —"

Schlägerei im Dunkeln

Plötzlich wurde Three-Finger von ein paar dunklen Gestalten überwältigt. Andere packten den Mann hinter ihm und zerrten ihn ins Zimmer. Der dritte Mann versuchte zu fliehen, aber schwere Tritte verfolgten ihn, und an seinen erstickten Flüchen war zu hören, daß man auch ihn erwischt hatte. Im Wohnzimmer war inzwischen ein heftiger Kampf entbrannt. Three-Finger hatte seine Lampe fallen lassen. Sie rollte über den Boden, von vielen Füßen umhergetreten, und warf kurze Schlaglichter auf die Szene.

Die drei Detektive sahen, daß man Three-Finger einen Sack über den Kopf gestülpt hatte. Mit äußerster Kraftanstrengung entledigte er sich einiger Angreifer, aber schon warfen sich neue auf ihn. Er fiel schwer zu Boden, und einer seiner Spießgesellen stürzte über ihn hin. Sie schlugen und stießen wild um sich.

„Schnell! Fesselt sie an Händen und Füßen! Und knebelt sie!" gebot jemand.

Die wüste Keilerei dauerte noch einen Augenblick, dann waren Three-Finger und seine Kumpane überwältigt und gefesselt. Three-Finger stieß schreckliche Verwünschungen aus, aber der Knebel, den man ihm in den Mund stopfte, erstickte sein Fluchen. Und dann lagen sie alle hilflos am Boden. Man hörte nur noch den schweren Atem der Männer, die die Verbrecher kampfunfähig gemacht hatten.

„Sehr schön", sagte eine Stimme wohlwollend. „Wartet draußen. Ich werde die Jungen befreien."

Dunkle Gestalten schlüpften zur Tür hinaus, und nur ein Mann blieb im Raum. Er knipste seine Taschenlampe an und richtete den Strahl kurz auf die Jungen.

„Gut!“ Er lachte leise. „Zum Glück ist keiner auf euch gefallen und hat euch plattgedrückt. Ich werde euch jetzt die Fesseln abnehmen.“
Er legte die Lampe so auf den Boden, daß sie genügend Licht gab, den Jungen aber nicht in die Augen schien. Dann kam er mit einem langen Messer. Als er dicht neben ihnen war, sahen Bob und Peter einen dunkelhäutigen Mann mit struppigem Schnurrbart, dem sie nie zuvor begegnet waren. Doch Justus erkannte ihn.
„Lonzo!“ rief er. „Lonzo aus dem Haus der Zigeuner, bei Juana!“
Lonzo schnitt ihre Fesseln durch. Wieder lachte er. „Ja“, sagte er. „So treffen wir uns wieder.“
„Aber — wie sind Sie denn hierhergekommen?“ fragte Justus verblüfft, als er aufstand und sich die schmerzenden Handgelenke rieb.
„Jetzt ist nicht die Zeit zum Reden“, sagte der Zigeuner. “Wo ist der andere?“ Er beleuchtete die Stelle, wo Smarty Simpson gelegen hatte. Aber Smarty war fort. Auf dem Boden lagen zwei Stricke.
„Er ist weg!“ rief Bob. „Er muß sich in aller Eile die Hände freigeschafft haben — und dann hat er sich im Trubel einfach dünn gemacht!“
„Er ist jetzt sicher schon weit“, meinte Lonzo kurz. „Macht nichts. Für die Polizei haben wir drei andere. Kommt nun mit hinaus. Juana möchte mit euch reden.“
Die Zigeunerin Juana — die Wahrsagerin! Justus trat hinter Lonzo aus dem Haus, Bob und Peter folgten.
Drei alte Autos parkten am Straßenrand. Die beiden hinteren Wagen waren dicht besetzt — mit Zigeunern. Im vorderen Wagen wartete eine Frau.

Es war Juana. Sie trug keine Zigeunerkleidung, wohl um nicht aufzufallen.

„Es ist ihnen nichts passiert, Juana", berichtete Lonzo. „Drinnen haben wir drei gefesselt. Einer ist entwischt."

„Macht nichts." Juana blieb gelassen. „Steigt ein, Jungen, wir müssen miteinander sprechen."

Die drei Jungen setzten sich zu Juana in den Wagen. Lonzo blieb als Wachtposten draußen.

„So kreuzen sich also unsere Wege wieder, Justus Jonas", sagte Juana. „In den Sternen und in der Kristallkugel stand es geschrieben. Ich bin froh, daß wir zur rechten Zeit gekommen sind."

„Haben Sie uns denn auch verfolgt?" fragte Justus, als er wieder klarer denken konnte.

„Ja", erwiderte Juana. „Lonzo und ein paar andere beschatteten euch, seit du mich damals besucht hast. Der Kristall warnte vor einer Gefahr, und wir wollten verhüten, daß euch etwas Schlimmes zustößt. Lonzo fuhr den Burschen nach, die euch verfolgten, und als sie heute abend hierherkamen, rief er alle unsere Leute zusammen. Aber machen wir es kurz, habt ihr das Geld gefunden?"

„Nein", sagte Justus. Er seufzte. „Offenbar ist es gar nicht hier. Und dabei war ich überzeugt, daß das Geld im Haus von Spikes Schwester versteckt ist. Aus dem Brief ging das eigentlich klar hervor. Und meiner Überlegung nach müßte es auch dort sein."

„Gulliver glaubte fest daran, daß Spikes Brief Andeutungen über das Versteck enthielt, aber er konnte sie nicht entschlüsseln", meinte Juana.

„Dann kannten Sie also Gulliver?" fragte Justus.

„Wir sind verwandt", erklärte Juana. „Auf eine etwas ungewöhnliche Art allerdings. Mir liegt daran, ihn zu rechtfertigen,

und so hoffte ich, daß ihr Schlauköpfe das Geheimnis enträtseln könntet. Wo habt ihr gesucht?"
„Unter der Tapete", berichtete Justus. „Auf dieses Versteck wäre niemand so leicht gekommen. Aber da war eben nichts."
„Wieso glaubtet ihr, es sei dort?" wollte Juana wissen.
„Na, Spike wußte ja, daß er in seinem Brief mit Worten nicht allzuviel sagen durfte", erklärte Justus. „Er wußte genau, daß seine Mitteilung durch die Zensur mußte. Und da tat er etwas ganz Ausgeklügeltes — und das war das einzige, was er machen konnte."
„So? Und was war das, Junge?" fragte Juana ungeduldig. „Los, red schon."
Bob antwortete. „Er stellte mit den Briefmarken auf dem Umschlag etwas Sonderbares an. Er frankierte den Brief mit zwei Marken, einer normalen Zweier-Marke und einer Vierer-Marke, der mit den beiden Fohlen. Und eine grüne Ein-Cent-Marke — grün wie ein Dollarschein — hatte er zuvor unter die Fohlen geklebt. Da glaubten wir bestimmt, er wollte damit sagen —"
„Halt, Bob!" rief Justus plötzlich.
Bob blinzelte. „Was ist denn los, Chef?" fragte er.
„Sag das nochmal — so, wie du's eben gesagt hast."
„Wieso — ich sagte bloß, er klebte die grüne Marke unter die Fohlen, und —"
„Das ist es!" schrie Justus. „Das ist die Lösung!"
„Was soll das heißen — die Lösung?" mischte sich Peter ein. Ebenso wie Bob und Juana starrte er Justus verwirrt an. Das Gesicht des Ersten Detektivs war vor Erregung gerötet.
„Es geht darum", sagte Justus, zu der Zigeunerin gewandt: „Spike Neely hatte nämlich einen kleinen Sprachfehler. Das hat uns Hauptkommissar Reynolds gesagt. Er konnte das S nicht richtig aussprechen — es klang bei ihm wie ein F."

„Das mag wohl sein, mein Junge", entgegnete Juana. „Aber was —"

„Und seine Schwester erzählte uns, daß Spike ‚Fonne' statt ‚Sonne' sagte. Wie hätte er also ‚Sohlen' ausgesprochen?"

„Das hätte bei ihm wie ‚Fohlen' geklungen", meinte Juana nach kurzer Überlegung. „Du willst doch nicht behaupten, daß —"

„Er hat das Geld, ‚unter den Sohlen' versteckt — unter dem Fußboden!" rief Bob. „Er war davon überzeugt, daß Gulliver sich an seinen Sprachfehler erinnern und ihn richtig verstehen werde. Und auch wenn das nicht geklappt hätte — ‚Fohlen' und ‚Sohlen' haben einen so ähnlichen Klang, daß es einen stutzig machen muß, wenn man so etwas wie eine Geheimbotschaft suchen muß."

„Wir kamen nur auf den Gedanken, daß er mit der oberen Marke die Tapete meinen müßte, weil Mrs. Miller uns erzählte, Spike habe bei seinem Aufenthalt das Erdgeschoß neu tapeziert", ergänzte Justus aufgeregt. „Aber ich hätte auch so darauf kommen müssen, daß es keine gute Idee ist, Papiergeld unter eine Tapete zu kleben — man bekommt es ja nicht mehr unbeschädigt ab! Man müßte es herunterkratzen, und da bliebe nicht viel übrig. Aber in einem sicheren Versteck irgendwo unter den Bodenbrettern, unter unseren Sohlen —"

Juana beugte sich zum Wagenfenster hinaus. „Lonzo!" befahl sie. „Hol das Werkzeug aus dem anderen Wagen. Wir gehen noch einmal hinein — du und ich und die Jungen."

Gleich darauf drängten sich alle auf einmal ins Haus. Um die drei gefesselten Gefangenen auf dem Boden kümmerten sie sich nicht. Nachdem sie eilig beratschlagt hatten, einigten sie sich darauf, daß der Wohnzimmerboden wohl nicht in Frage kam. Justus meinte, die richtige Stelle könne entweder unter dem Fußboden des Gastzimmers sein, wo Spike übernachtet hatte, oder unter den Dielen auf dem engen Dachboden, der als Abstellraum gedient hatte.

Den Speicher untersuchten sie zuerst. Nach zehn Minuten stemmte Lonzo in einer Ecke ein Brett los — und Peter schrie auf. Da lagen im Strahl der Taschenlampe Bündel um Bündel grüner Banknoten vor ihnen! Die Scheine waren säuberlich zwischen die Deckenbalken des darunterliegenden Raumes gepackt.

„Unter den ‚Fohlen' ", sagte Peter und blinzelte. „Unter den Sohlen. Was für eine ausgekochte Methode, eine Botschaft zu verschlüsseln, wenn man weiß, daß der Brief von allen möglichen Leuten unter die Lupe genommen wird, weil sie eine besondere Nachricht darin suchen! Just, du bist phantastisch!"

„Ich hätte schon früher darauf kommen müssen", meinte Justus. „Auch wenn mir Spike Neelys Sprachfehler nicht eingefallen wäre, hätte ich merken müssen, daß ‚Fohlen' und ‚Sohlen' ähnlich klingen. Und wenn man noch in Betracht zieht, daß Geldscheine kaputtgehen, wenn man Tapete darüberklebt, dann —"

„Mach dir nichts draus, mein Junge!" sagte Juana. „Du hast deine Sache fein gemacht. Gulliver selbst ist der Wahrheit nicht auf die Spur gekommen. Nun ist das Geld gefunden. Die Verbrecher sind gefangen. Und der Frosch hat einen großen Sprung gemacht und sich vor den hungrigen Fischen im Teich gerettet." Sie kicherte leise. Und Justus war es anzusehen, daß ihm jetzt vieles klarer erschien, was ihm zuvor ein Rätsel gewesen war.

„Also hatten Sie uns diese Warnung geschickt, Madam Juana?" fragte er.

Die alte Zigeunerin nickte. „Richtig, mein Junge. Unsere Männer beobachteten und beschützten euch, aber ich wollte, daß ihr euch wirklich Mühe geben solltet, das Geld zu finden — und das ist euch gelungen. Nun müssen wir gehen. Wir werden die Polizei benachrichtigen, und das ist dann das Ende dieser Geschichte. Ihr wartet hier, bis die Polizei kommt. Die wird das Geld und die Gangster da drunten in Verwahrung nehmen. Uns wird die Polizei auch verhören wollen, aber man wird uns nicht finden. Oder sagen wir: noch nicht."

„Warten Sie, Madam Juana!" rief Justus, als die Zigeunerin sich mit Lonzo zur Tür wandte. „Ehe Sie gehen, hätte ich gern noch etwas von Ihnen erfahren. Es ist wegen des Koffers — wie kam der eigentlich zu uns zurück? Und der sprechende Totenschädel, Sokrates — konnte er wirklich sprechen, oder —"

„Geduld, Geduld", wehrte die Frau ab. „Besuche mich in zwei Wochen in jenem Haus. Bis dahin werden wir wieder dort sein. Und dann bekommst du Antwort auf deine Fragen."

„Aber dann sagen Sie uns wenigstens etwas über Gulliver", drängte Justus. „Wo ist er?"

„Ich dachte, er sei tot?" warf Peter ein.

„Das habe ich nicht gesagt", antwortete Juana. „Ich sagte, diesen Mann gebe es nicht mehr. Nun, vielleicht wird er eines Tages wieder der sein, der er war. Und jetzt lebt wohl — bis in zwei Wochen."

Sie eilte mit Lonzo die Treppe hinunter, und bald hörten die drei Detektive die Autos der Zigeuner in die Nacht fahren. Die drei sahen sich an, und Bob stieß einen erleichterten Seufzer aus.

„Mensch!" sagte er. „Wir haben's geschafft, Just! Wir haben das Geldversteck gefunden!"

„Mit Juanas Hilfe, ja", meinte Justus. „Ich bin wirklich gespannt darauf, sie wiederzusehen. Ich hab' so eine Ahnung, daß sie ein paar hochinteressante Dinge weiß!"

Letzte Chance für euch, dem versteckten Sinn der Aussage nachzugrübeln, daß es den Zauberer Gulliver nicht mehr gebe, er jedoch auch nicht tot sei.
Hat er sich am Ende selbst verzaubert?

Alfred Hitchcock hat noch Fragen

Alfred Hitchcock, der bekannte Filmregisseur, saß in seinem Büro am Schreibtisch. Er blätterte in dem dicken Stapel Aufzeichnungen, die Bob Andrews über den rätselhaften Fall des sprechenden Totenkopfs zusammengestellt hatte. Dann schaute er zu den drei Detektiven hinüber, die in ihren besten Anzügen in einer Reihe dasaßen und darauf warteten, daß er etwas dazu sagte.

„Hervorragende Arbeit, meine jungen Freunde", dröhnte Alfred Hitchcocks Baß. „Das hast du gut gemacht, Justus — das verschwundene Geld zu finden, nach dem die Polizei so lange vergeblich gesucht hat."

Aber Justs rundes Gesicht war kummervoll. „Nein, Sir", sagte er seufzend. „Ich hätte schon früher hinter das Geheimnis kommen müssen. Erst dachte ich, wenn zwei Marken übereinandergeklebt sind, dann bedeutet das, das Geld stecke irgendwo unter der Tapete. Ich hätte es von vornherein besser machen und nach einer anderen Bedeutung forschen sollen. Und wenn ich dann nicht Glück gehabt hätte —"

„Wer aufgeweckt ist, hat auch mal Glück", meinte Mr. Hitchcock. „Das habe ich euch ja schon immer gesagt. Ihr dürft nicht erwarten, daß ihr jedesmal auf Anhieb die richtige Lösung findet — das gelingt keinem Detektiv. Nach meiner Meinung habt ihr alles sehr gut gemacht."

„Vielen Dank, Sir." Justs Gesicht hellte sich auf. „Auf jeden Fall haben wir das verschwundene Geld gefunden."

„Und noch dazu in letzter Minute", stellte der Regisseur fest. „Zwei Tage später hätte man das Haus dem Erdboden gleich gemacht, und dann wäre das Geld höchstwahrscheinlich in den

Trümmern für immer verloren gegangen. Sagt mal, habt ihr euch eigentlich die Belohnung abgeholt?"
Justus seufzte. Peter seufzte. Bob seufzte.
„Nein, Sir", sagte Bob. „Eine Belohnung gab es überhaupt nicht. Das hat sich Smarty Simpson nur ausgedacht, genau wie alles andere, was er uns erzählt hat. Aber wir haben einen sehr freundlichen Brief vom Direktor der Bank bekommen, und Hauptkommissar Reynolds meinte, er freue sich auf den Moment, wenn wir alt genug seien, um in seiner Abteilung als Detektive mitzuarbeiten."
„Nun ja, nicht nur Geld ist ein guter Lohn für gute Arbeit", meinte Mr. Hitchcock. „Aber jetzt habe ich noch ein paar Fragen. Ich sehe, aus eurem Bericht geht klar hervor, wie Spike Neely das Geld versteckt hat und wie es ihm gelang, seinem Freund Gulliver eine verschlüsselte Botschaft aus dem Krankenhaus zukommen zu lassen — natürlich so raffiniert gemacht, daß niemand etwas damit anfangen konnte, bis der Brief euch in die Hände fiel. Aber nun meine erste Frage — darüber geben eure Aufzeichnungen keinen Aufschluß —: Was ist aus Gulliver geworden? Was hat das Schicksal ihm gebracht?"
Die Jungen grinsten. Auf diese Frage von Mr. Hitchcock waren sie gefaßt, und Justus hatte die Antwort schon bereit.
„Als Gulliver von Spike Neely den Brief bekam", sagte Just, „vermutete er natürlich, Spike wolle ihm eine Botschaft übermitteln. Im Gefängnis hatte Spike ja gesagt, er werde Gulliver das Geheimnis verraten, wenn ihm je etwas zustoßen sollte. Aber Gulliver konnte das Rätsel nicht lösen. Deshalb versteckte er den Brief in seinem Koffer. Als er dann eines Tages nach der Vorstellung in sein Hotel kam, erfuhr er am Empfang, daß ein paar Männer nach ihm gefragt hätten. Nach der Beschreibung erkannte er Three-Finger, und da bekam er es mit der Angst zu

tun. Er wußte, daß ihn Three-Finger ohne Mühe entführen könne und dann mit Gewalt versuchen werde, das Versteck des Geldes von ihm zu erfahren. Aber das kannte Gulliver ja selbst nicht. Hätte er es gekannt, so hätte er es der Polizei gemeldet. Abgesehen davon war er nicht sicher, ob die Polizei ihm seine Geschichte überhaupt glauben würde. Also ging Gulliver gar nicht erst in sein Zimmer hinauf, sondern verschwand einfach. All seine Habe ließ er zurück. Als er nicht wiederkam, stellte man seinen Koffer auf den Speicher, und schließlich wurde er auf einer öffentlichen Auktion versteigert. An uns."

„Dann ist Gulliver also nicht tot?" fragte Mr. Hitchcock aufmerksam. „Aber Juana, die Zigeunerin, sagte euch doch, es gebe ihn nicht mehr."

„Ja, es gibt diesen Mann nicht mehr — so hat sie sich ausgedrückt", sagte Justus und grinste dazu über das ganze Gesicht. „Er wollte sicher gehen, daß Three-Finger und seine Kumpane ihn auf keinen Fall finden konnten. Also verkleidete er sich als Frau und setzte sich eine Perücke auf. Er wurde äußerlich zu einer Frau — und von da an gab es Gulliver, den Mann, nicht mehr."

„Natürlich!" rief Mr. Hitchcock. „Ich hätte das aus der Wahl des Ausdrucks erraten müssen. Halt — da fällt mir etwas ein. Laßt mal sehen, ob ich nicht auch logisch denken kann. Ich würde den Schluß ziehen, daß die Zigeunerin Juana in Wahrheit der Große Gulliver war!"

Peter mußte lachen. Bob wurde davon angesteckt. Und Justus nickte.

„Das stimmt, Sir", sagte er. „Die Zigeuner waren schon immer Gullivers Freunde gewesen. Seine Mutter war nämlich eine Zigeunerin. Sie nahmen ihn bei sich auf, und er lebte von da an unter ihnen. Und Zigeuner halten ja in ihrer Sippe unbedingt zusammen — deshalb hat keiner von ihnen Gullivers Geheimnis verraten."

Jetzt mußte Alfred Hitchcock auch lachen. „Na gut", sagte er. „Ein Rätsel wäre gelöst. Gulliver, der vorher recht beleibt war, hungerte sich den Speck herunter und konnte sicher sein, daß niemand auch nur im Traum hinter einer schlanken Zigeunerin einen verschwundenen dicken Zauberer vermutete. Was hat er jetzt eigentlich vor?"

„Er wird bald sein zweites Ich Juana aufgeben und wieder er selbst sein", sagte Justus. „Sobald Three-Finger und seine Freunde sicher hinter Gittern sind. Aber als Zauberer will er nicht mehr auftreten. Die Zigeuner sind es inzwischen gewohnt, daß er sich als ihr Vertrauensmann um geschäftliche Dinge kümmert, und er wird weiterhin bei ihnen bleiben."

„Ich verstehe." Alfred Hitchcock blätterte in Bobs Bericht zum Anfang zurück. „Aha!" sagte er dann. „Hier steht: Als ihr auf der Auktion den Koffer gekauft hattet, kam eine kleine alte Dame sehr aufgeregt hereingestürzt und wollte den Koffer ebenfalls haben, aber es war zu spät. War das etwa —"

„Ja, Sir. Das war auch Gulliver, diesmal mit einer anderen Perücke und als ältere Dame verkleidet. Er informierte sich ständig über solche Versteigerungen und hatte auch irgendwie herausbekommen, daß diesmal sein Koffer feilgeboten wurde. Aber dann irrte er sich in der Zeit und kam zu spät. Er hatte vor, uns den Koffer auf jeden Fall wieder abzukaufen, aber da kam dieser Reporter mit der Kamera, und Gulliver mußte befürchten, Aufmerksamkeit zu erregen. Doch hinterher erfuhr er aus dem Zeitungsartikel, wer wir waren und wie er uns finden konnte."

„Das lasen leider auch Three-Finger und seine Freunde..." warf Peter bedeutungsvoll ein.

„Ja", bestätigte Justus. „Erst versuchten Three-Fingers Leute, uns den Koffer zu stehlen. Später bekamen sie ihn dann auch, als sie Maximilian dem Magier folgten und seinen Wagen von der Straße drängten. Aber lange haben sie ihn nicht behalten." „Wie Juana sagte, Mr. Hitchcock", fuhr Bob fort, „wurden wir von den Zigeunern ständig beobachtet. Als Juana — ich meine Gulliver — erfuhr, daß wir früher schon recht schwierige und verworrene Fälle aufgeklärt hatten, verfiel er darauf, daß wir auch das Rätsel um das versteckte Geld lösen könnten. Wir würden dann die Sache der Polizei übergeben, und daraufhin hätte er wieder auftauchen können. Deshalb sorgte er dafür, daß Justus ihn als Juana besuchte, und dabei sprach er in Rätseln, damit Justus anbeißen sollte. An diesem Tag entdeckten die Zigeuner Three-Finger und seine Kumpane, und als die Gangster Maximilian den Koffer stahlen, fuhr ein Zigeunerauto dicht hinter ihnen her. Die Zigeuner folgten den Dieben in ihr Versteck, überfielen sie und nahmen ihnen den Koffer wieder ab, ehe die Burschen merkten, was überhaupt los war. Und dann schickte Juana — das heißt Gulliver — uns den Koffer zurück, weil er immer noch hoffte, wir würden das Rätsel lösen können. Schließlich war ihm klar, daß uns praktisch nichts anderes übrigblieb, wenn wir Three-Finger und die anderen wieder loswerden sollten. Dafür setzte er die Zigeuner auf unsere Spur, damit sie uns zu Hilfe kommen konnten, wenn es notwendig werden sollte."

Den Rest berichtete wieder Justus. „An jenem Samstagabend, als Smarty Simpson uns einwickelte, damit wir mit ihm zusammen nach Mrs. Millers Haus suchen sollten, waren die Zigeuner Three-Finger auf den Fersen. Von Smarty Simpson wußten sie nichts. Als Three-Finger mit seiner Bande loszog, folgten sie ihnen. Und als die Ganoven uns gefangennahmen, holten sie Verstärkung und kamen gerade zurecht, um uns zu befreien und die

Three-Finger-Bande gründlich fertigzumachen. Und dann — na, Sie wissen ja, wie wir dann endlich das Geld fanden.“ Mr. Hitchcock nickte. Er legte die Fingerspitzen der flachen Hände gegeneinander und betrachtete die Jungen aufmerksam. „So“, sagte er. „Und nun die letzte Frage: Konnte Sokrates, der Totenschädel, wirklich sprechen? Und wenn ja: wie? Was steckte dahinter? Wohlgemerkt: Irgendwelche übernatürlichen Erklärungen nehme ich euch nicht ab.“

„Nein, Sir“, erwiderte Justus. „Es gibt keine übernatürliche Erklärung. Ein Zauberer arbeitet selbstverständlich immer nur mit Tricks, und die Sache mit Sokrates war ein solcher Trick. Gulliver ist ein guter Bauchredner. Anfangs benutzte er dieses Talent, um Sokrates sprechen zu lassen. Als dann die Leute entsprechende Vermutungen anstellten, überlegte er, wie Sokrates über größere Entfernungen hinweg zum Reden zu bringen wäre. Er kaufte ein kleines Sprechfunkgerät mit Sender und Empfänger. Man kann sie ja heute ganz winzig bauen —“

„Und dieses Ding baute er in den Schädel ein?“ Mr. Hitchcock runzelte die Brauen. „Na, diese Entdeckung hätte ich dir eigentlich schon zu Anfang zugetraut, Justus. Du hast doch sicher den Schädel gründlich untersucht — da hätte es dir doch kaum entgehen dürfen.“

„Das ist es eben, Sir“, erklärte Justus. „Ich habe Sokrates wirklich genau untersucht. Aber Gulliver war klüger als ich. Er hatte das Gerät im Sockel aus Elfenbein eingebaut.“

„Ach so!“ sagte der Regisseur. „Im Sockel, wo man es nicht sah und auch nicht vermutete. Ein gescheiter Einfall. Aber erzähl weiter, bitte.“

„In dem Sendegerät im Sockel befand sich auch ein Mikrophon“, fuhr Justus fort. „Nachdem wir also Sokrates aus dem Koffer genommen und ihn auf den Sockel gesetzt hatten, wurde alles aufgenommen, was wir sprachen, und konnte auf eine Entfernung von ungefähr zweihundert Meter übertragen werden. Gulliver hielt sich in der Nähe des Schrottplatzes auf, nachdem er herausbekommen hatte, wo der Koffer jetzt war. Er war als Frau — nicht als Zigeunerin — verkleidet. Im Ohr unter seiner Perücke trug er einen kleinen Lautsprecher, und in einer Brosche an seinem Kleid war ein Mikrophon verborgen. Er konnte also unsere Unterhaltung mithören. Zu diesem Zeitpunkt hatte er nicht vor, als Sokrates zu sprechen, aber da mußte er plötzlich niesen. Und so hörten wir, wie Sokrates allem Anschein nach nieste. Abends dann, als ich Sokrates in meinem Zimmer bei mir hatte, war Gulliver wieder in der Nähe versteckt. Er sah, wie bei mir das Licht ausging, und machte sich die Gelegenheit zunutze, mich als Sokrates anzusprechen. Dabei gab er mir die rätselhafte Anweisung, Juana in der Stadt aufzusuchen. Am nächsten Tag, als Tante Mathilda mein Zimmer saubermachte und Sokrates vorhielt, was sie von ihm dachte, hörte Gulliver ebenfalls zu und konnte nicht widerstehen, sie mit einem ‚Buh!' zu erschrecken."

„Also ist das Rätsel gelöst", stellte Mr. Hitchcock fest. „Von Anfang an steckte der Große Gulliver dahinter. In der Tat — kein Fall übernatürlicher Erscheinungen, sondern ein technisches Wunderwerk."

„Ja, Sir." Justus nickte. „Und da wir meist in der Nähe von Sokrates waren, wenn wir über den Fall sprachen, konnte Gulliver die Unterhaltungen über unsere Fortschritte und Pläne mithören. Auf diese Weise war er so ziemlich über alles informiert, was wir unternahmen. Das machte es ihm auch viel leichter, immer ein Auge auf uns zu haben und uns schließlich zu Hilfe zu kommen."

„Alles in allem ein höchst interessanter Fall", meinte der Regisseur. „Nun, ich werde das Buch darüber gern wieder mit einem

persönlichen Vorwort versehen, wie ich es schon ein paarmal getan habe. Wißt ihr schon, was ihr euch als nächstes vornehmen werdet?"
„Noch nicht", sagte Justus. Die drei Jungen standen auf. „Aber wir halten die Augen offen. Wir werden mit Ihnen in Verbindung bleiben, Mr. Hitchcock."
Im Gänsemarsch schritten sie zur Tür hinaus, und Alfred Hitchcock konnte sich eines Lächelns nicht erwehren. Ein sprechender Totenkopf! Was würden sie wohl das nächste Mal daherbringen?

Von Alfred Hitchcocks Werken weiß man ja nun — nach „Verschlingen" dieses Buches — wie spannend sie sind. Es sind aber noch weitere fesselnde Bücher für Jungen und Mädchen erschienen in der Franckh'schen Verlagshandlung, 7 Stuttgart 1, Postfach 640:

Freitags Tunnel
John Verney
Reihe „top secret". 380 Seiten.

Februars Straße
John Verney
Reihe „top secret". 220 Seiten.

Die Höhlenkinder
A. Th. Sonnleitner
418 Seiten mit 224 Abbildungen.

Schneller Fuß und Pfeilmädchen
Fritz Steuben
128 Seiten mit 24 Abbilaungen.

Sie eroberten den Himmel
Erich H. Heimann
192 Seiten mit 112 Abbildungen.

Jeden Tag eine Sensation
Maria Halasi
208 Seiten.

Diese Bücher sind in jeder guten Buchhandlung erhältlich. Über weitere Jugendbücher aus dem Franckh-Verlag informiert unser Jugendbuchprospekt P 239, den wir Ihnen gerne kostenlos zusenden.

Franckh'sche Verlagshandlung, 7 Stuttgart 1, Postfach 640